みちづれの猫

唯川　恵

集英社文庫

目次

みちづれの猫

ミャアの通り道

越後湯沢駅《えちごゆざわ》は雪に覆われていた。

吹き抜ける風が頬に痛い。コートの襟を掻《か》き合わせて、私はホームに続く階段を下りて行った。上越《じょうえつ》新幹線からほくほく線・特急「はくたか」に乗り換えるためである。

すでに列車は入線していて、九両編成の真ん中にある自由席五号車に乗り込んだ。車内は三分の二ほどの乗客だ。さほど混んでいなかったことにほっとしながら、窓際に空席を見つけて腰を下ろした。

あと二時間半あまりで金沢《かなざわ》に着く。金沢は私の故郷である。東京駅から越後湯沢に来るよりも、まだ倍近くの時間がかかるが、不思議なことに、ほくほく線に乗り換えると気持ちは「もう金沢」という感覚になる。

車窓の向こうは、雪に覆われた山々が迫っている。空は低く、雲はたっぷりと水分を含んで、見るからに重そうだ。

車内は暖房がよく効いていた。足元のキャリーバッグからペットボトルを取り出し、お茶をひとくち飲むと、発車のベルが鳴り始めた。ことん、と一度前のめりに揺れて「はくたか」は雪の中を走り出した。

十四年前、進学のために十八歳で上京した時も、この「はくたか」に乗ったのを思い出す。

あの時、東京での初めてのひとり暮らしに不安はあっても、期待の方がずっと勝っていた。都会は眩《まぶ》しくきらめいていて、世の中の楽しい出来事をすべて孕《はら》んでいるように思えた。そこにさえ行けば、自分の前途もまた、金粉をまとったように輝けると信じていた。

もちろん、実際のところはそうでもないと、すぐに気づくことになるのだが、それでも、キャンパスや小さなアパートを拠点として、私は少しずつ自分の世界を広げていった。

大学を卒業して、希望していたイベント企画会社に就職できた時はどんなに嬉《うれ》しかったろう。仕事は楽しく、毎日が目まぐるしく過ぎて行った。雑用から始まり、現場でのイベント設営を経験し、三年後に念願の企画業務に就いた。

今は、ショッピングセンターのキャラクターショーから、デパートの催事、映画公開PR、ブランドショップのオープニングパーティまで、さまざまなイベントに携わっている。もちろん、すべてが上手《うま》くいくはずはなく、トラブルも満載だ。顧客から厳しいクレームを受けるのも度々だが、冷静に受け止められるほどにはキャリアを積んだ。

後ろの席から声が聞こえて来た。

「はくたかに乗るの、きっとこれが最後ね」

「ああ、春には新幹線が繋《つな》がるからな」

中年の夫婦連れのようである。

北陸《ほくりく》新幹線が金沢まで開通する話題は、今年に入っていちだんと耳に入るようになっていた。何せ、今までの半分ほどの時間で東京・金沢間が繋がるのである。心待ちにしている人も多いはずだ。在来線のはくたかは、すでに廃止が予定されていた。

もうひとくち、お茶を口にした。ちょうど御昼時《おひるどき》のせいで、弁当を開ける乗客もいる。車内には煮詰めた醤油《しょうゆ》のにおいが漂っている。

背もたれに身体《からだ》を預けて、そう言えば前に帰ったのはいつだったろう、と、ぼんやり思い返した。

確か三年、いや四年前だ。あれは祖母の法事だった。その時もずいぶんと久しぶりの帰省だったが、たった一泊二日という慌ただしさで東京に戻って来た。

実家から足が遠のいているのは、何も帰省に時間がかかるからだけではない。仕事柄、休日を潰されるのはしょっちゅうだ。お盆やお正月、ゴールデンウィークといった連休も同様である。

たまに休みが取れても、そんな時だからこそ、したいことが山ほどある。偵察がてら他社が手掛けるイベントに出掛けたり、映画の試写会や、新製品の展示会に顔を出すこともある。これも仕事のひとつだ。余裕があれば、買い物にも出掛けたいし、旅行にも行きたい、恋人とデートもしたい、と、とにかく毎日が予定で埋まっていて、ついつい帰省は後回しになってしまうのである。

それは、私だけではなく、三歳上の姉も同じだろう。大阪に嫁いだ姉は、舅姑《きゆうこ》と共に家族で料理店を経営している。その上、育ち盛りの子供がふたりいる。自分の時間を取ることもままならず、四年前の祖母の法事の時も帰れなかった。また、二歳下の弟は独身だが、メーカーの営業部にいて、それこそ盆暮れなく全国の支社を飛び回っている。きょうだい三人が揃《そろ》って帰省し、家族全員が顔を合わせたのはいつだっただろう。もう思い出せない。今の私たちは自分たちの生活で手いっぱいの状態だった。

いつの間にか眠っていたらしい。目を開けると、目の前に海が広がっていた。日本海《にほんかい》である。親不知《おやしらず》と呼ばれるこの辺りは、列車が海岸線をぎりぎりに走る。波のしぶきさえ窓に当たりそうだ。私はガラス窓に顔を押し付けた。生憎《あいにく》、低い雪雲のせいで海は鈍色《にびいろ》に沈んでいたが、それでも、この景色にはいつも魅せられる。見逃すと、損をしたような気分になる。

急な休みを取ってまで帰省を決めたのは、昨夜、母からメールがあったからだ。

『ミャアがそろそろ旅立ちそうです』

思わず、スマホを持つ手が冷たくなった。

ミャアは実家で飼っている雑種の雌猫である。

あれはもう二十年も前、ちょうど今頃の時期だった。外には真綿のような雪が舞っていた。

私たちきょうだい三人は、夕飯を食べ終え、バラエティ番組を観《み》ていた。父はまだ帰らない。父がいると、この番組は見せてもらえないので、ここぞとばかりテレビの前に陣取って笑い転げていた。まだ、家にテレビが一台しかなかった頃である。

庭先で何やら妙な声がする、と、言い出したのは弟だ。ちょっと見て来る、と、縁側の戸を開けて下りて行った。が、すぐに慌てて戻って来て、「子猫がいる」と叫んだ。次に飛び出したのは私である。植木の根元で、子猫が蹲《うずくま》っていた。縁側から漏れる明かりに照らされた子猫は、弟と私を見上げると、まるで何かを訴えるかのように必死な形相で鳴いた。小さな背中に雪が積もり、身体が小刻みに震えている。思わず抱き上げていた。

縁側では姉がすでにタオルを手にして待っていた。猫は姉の手に渡り、身体が拭かれると、焦げ茶と黒の雉模様《きじもよう》が浮かんだ。

生まれて二、三か月と思われた。迷ったのか、捨てられたのか。目には目ヤニが溜《た》まり、毛も薄汚れていた。弟が牛乳を持って来ると、子猫はよほど空腹だったらしく、ぴちゃぴちゃと音をたててうまそうに飲んだ。それから顔を上げて、まるでお礼を言うかのようにみゃあと鳴いた。その愛らしい姿に、私たちは瞬《また》く間に魅了された。

「飼いたい」

「飼わせて」

「ね、いいでしょう」

三人とも、すっかりその気になっていた。母は困惑しながら「おとうさんに聞いてみんと」と、答えるばかりだった。

一時間ほどして、父が仕事から帰って来た。その頃には、テレビもそっちのけで私たちは子猫に夢中になっていた。しかし、父は私たちの願いを聞くと、眉を顰《ひそ》め「駄目だ」と、首を横に振った。子猫は満腹したのか安心したのか、座布団の上でぐっすり寝入っている。母も来て、子猫を家族五人でぐるりと取り囲んだ。

「どうせ、おまえたちは面倒をみられんがやろう。かあさんに押し付けるに決まっとるさけな」

父の意志は固そうだった。

「お願い」

「絶対に面倒をみるから」

「だから、飼わせて」

私たちは食い下がった。それでも父は頑として受け付けなかった。最初に泣いたのは弟である。つられるように私も泣いた。姉も泣いた。いつも喧嘩《けんか》ばかりしているきょうだいが、こんなにも気持ちをひとつにして父に懇願するのは初めてだった。

泣きじゃくる三人の子を前にして、さすがに父も折れざるを得なくなったようである。代わりに条件を出して来た。猫の面倒をみるだけでなく、姉には食器洗いを、私には風呂掃除を、弟には玄関掃除を約束させた。私たちは即座に受け入れた。そんなことでこの子猫が飼えるなら容易《たやす》い仕事だった。

鳴き声から、名はミャアに決まった。

たった一匹の小さな猫である。しかし、その存在が、こんなに家の雰囲気を変えるとは思ってもみなかった。

猫のおもちゃや爪とぎといったペット用品が増えた、というのは確かにある。けれど、それればかりではない。人間以外の生き物の息遣いが、箪笥《たんす》の上や、テーブルの下や、部屋の隅といった、今まで気にもならなかったここかしこに満ち満ちていて、まるで家そのものが命を得たように脈づいているのだった。

私たちはミャアを可愛《かわい》がった。抱っこしたくて取り合いになった。それで時々喧嘩にもなった。ミャアにとっては迷惑な話だったろう。猫というのは元来、子供が苦手な生き物である。やっと順番が回って来たと、ミャアを膝に乗せても、もう勘弁してとばかりに本棚の裏に逃げ込んでしまうこともしばしばだった。

もうひとつ、ミャアを飼い出してから加わった習慣がある。

それは、どんな時も、互いの部屋のドアや襖《ふすま》を少しだけ開けておく、というものだ。ミャアが好きに出入りできるようにとの配慮である。冬には隙間風が入り、寒い寒いと文句を言いながらも、決して誰も閉め切ろうとはしなかった。

ミャアは好き勝手に、その夜のねぐらを決めた。一階の父と母の六畳の寝室。二階の姉と私の共同の部屋。隣の弟の四畳半の洋室。どこを選ぶかは誰にもわからない。人間には決められないし、強制もできない。すべてはミャアの気分次第だった。

やがて年月は過ぎ、私たちきょうだいは少しずつ大人になっていった。

いつの間にか、ミャアの世話はみんな母に押し付けていた。約束した役割も済《な》し崩《くず》しになった。私たちは、友達との付き合いや部活の練習や、好きな男の子や、進学という、家族以外の世界に関心を深めていった。

同時に思春期特有の蟠《わだかま》りを抱えてもいた。両親に反抗もしたし、きょうだいで派手に言い争った。互いに無視し合ったこともある。ミャアはそんな私たちを、時に呆《あき》れたように、時に哀《かな》しげに、濃く縁どられた虹彩《こうさい》でじっと見つめていた。

一時、弟がひどく荒れた時期がある。中学の二年の頃、サッカー部を怪我《けが》でやめてから、家族の誰とも口をきかなくなった。食事時にも顔を出さず、いつも不機嫌な顔をして部屋に籠《こも》っていた。

姉も私も、このまま引き籠りになるのではないかと心配したが、母はこう言った。

「でも、ミャアのためにドアはいつも少し開けてるさけ、その間は絶対に大丈夫」

そして、実際、その通りだった。弟は少しずつ頑《かたく》なさを緩めて行った。


金沢駅に到着したのは、午後三時を少し回ったところである。

東口には、和楽器の鼓《つづみ》をモチーフに作られた鼓門と、全面ガラス張りのドーム型天井がある。世界で最も美しい駅のひとつに選ばれた経緯《いきさつ》もあって、ここを見学するために金沢を訪れる観光客もいるほどだ。

改札口を出ると、父が立っていた。

「迎えに来てくれたんだ」

「ああ」

母には東京駅からメールを送っていた。

「わざわざ、ごめんね」

「今日は休みやったさけ」

久しぶりに聞く金沢弁が、耳に柔らかく届く。父は、こんな喋《しゃべ》り方をしただろうかと、少し不思議な気分になる。

去年、父は定年退職を迎えた。元銀行員だったせいもあって、今は週に三回、知り合いの会社の経理を手伝っていると聞いている。

「ミャアはどう？」

「まあ、寿命やしな」

父は素っ気なく言った。もともと口数の少ない方である。

ふたりで西口にある駐車場に出た。こちらは東口と異なり、合理的で都会的な雰囲気だ。白線の中に停《と》めてあった、もう十年以上は乗っている父の紺色のセダンの助手席に乗り込んだ。

「こっちは雪が降ってないんだね。越後湯沢は大雪だったよ」

「年末に降ったんやが、みんな溶けてしもた」

金沢に住んでいた頃、雪が降るたびにうんざりした。交通機関が乱れて、どうにも予定が狂ってしまう。香林坊《こうりんぼう》や片町《かたまち》に出掛けるにしても、水気の多い雪なので革のブーツも履けない。けれども、こうして雪がなければないで、どこか物足りない。

車は六枚町《ろくまいまち》を過ぎ、武蔵ケ辻《むさしがつじ》を抜けてゆく。実家は浅野川大橋《あさのがわおおはし》近くの橋場町《はしばちょう》にある。

信号待ちで止まった時、父が言った。

「さっき、美幸《みゆき》も帰ってきたんや」

「えっ、おねえちゃんも」

思わず顔を向けた。

「ミャアにどうしても会っておきたかったんやと」

「ふうん」

私以上に、いつも忙しいばかりの姉である。けれども、その気持ちは何となくわかる気がした。

玄関に入ると、すぐに姉が迎えに出て来た。

「久しぶり、元気だった？」

姉が笑う。少し太ったかもしれない。かつては、お洒落《しゃれ》にうるさいことを言っていたが、今ではすっかり嫁いだ先の大阪のおばちゃんスタイルが板についている。

「うん、おねえちゃんも元気そう。それにしても、よく時間とれたね」

「かあさんからメール貰《もら》って、みんな放っぽらかして来たわよ。ま、こういうことでもないと思い切りがつかないから。さ、上がって、上がって」

鼻の奥に、乾燥したイグサに似た匂いが広がった。家の匂いが懐かしい。「ああ、帰って来た」と肩から力が抜けてゆく。そんなつもりはなくても、いつもどこかで力んで暮らしている自分に気づく。

茶の間で、ミャアのそばに座っていた母が顔を上げた。

「わざわざ、帰って来んでもよかったのに。仕事、大丈夫ながが」

「うん、有給休暇もたまってたし」

部屋の真ん中に敷かれた毛布の上に、ミャアは寝かされていた。ピンクと黄色の花柄のタオルが掛けられている。私は畳に膝を突いて、ミャアの顔を覗《のぞ》き込んだ。

「ただいま、ミャア」

声を掛けても反応はない。指先でそっとミャアの額に触れてみた。そこを撫《な》でると、いつもうっとりとして、手足をふにゃりとさせたものである。しかし今はぴくりともしない。四年前に見たより、ミャアはすっかり小さくなっていた。

夕食は寿司《すし》を取ることにした。帰省すると、母は台所に籠りっぱなしになる。有難いもてなしではあるが、今日はそれより、できるだけミャアのそばにいさせてやりたかった。

「いつ頃から悪くなったの？」

母がミャアにタオルを掛け直してやっている。

「先月の終わりぐらいかしらね、ごはんも食べなくなって、水も飲まなくなって。どうやら腎機能が低下してるってことらしいんやけど、ほら、ミャアはもう人間でいうと百歳くらいやさけね。お医者さんも、結局のところは老衰でしょうって」

母は、まるで自分に言い聞かせるように説明した。

「そっか、ミャアはもうそんなにおばあちゃんになったんだ」

「酸素室に入れるといいからって、しばらく病院に預けてたんやけど、お父さんと相談して、やっぱり連れて帰って来たがや。ミャアだって、知らないところにいるのは不安やろうし、最期は私たちで見送ってあげようと思って」

最期という言葉が耳に硬く響く。

それが十日ほど前のことだという。医者からは、酸素室を出れば二、三日しか持たないと言われたようだが、ミャアは頑張った。しばらくとても機嫌よく過ごしていたという。それが昨夜、急に容態が悪化したとのことだった。

「でも、すごく穏やかな顔をしてる」

「そうね、こうしているとただ眠ってるみたい」

姉も頷《うなず》いている。

しばらくして、玄関戸が開く音がした。寿司が届いたようだと、姉が立って行った。しかし、賑《にぎ》やかな声と共に茶の間に現れたのは、弟だった。

「あれ、あんたまで来たんか」

母が呆れたように出迎える。

「うまい具合に時間が取れたもんでね」

「あんなメールして悪かったね。今日どうなるとか、本当のところはわからんのに」

「いや、俺もちょうど、ミャアがどうしてるか気になってたんだ。それにしても、まさか姉ちゃんたちも来てるとはなぁ」

　弟は私と姉の間に割り込んで、ミャアに手を伸ばした。

「ミャア、俺だよ。ほら、目を覚ませって」

　それでもミャアは動かない。久しぶりで会うミャアがあまりに小さくなっていて、弟はためらうように眉根を寄せた。

「ひとり増えたんやし、やっぱり何か作るわ。あり合わせのものしかできんけど」

　と、母は台所に立って行った。父もビールの用意をし始めた。

「廊下に手摺《てす》りが付いてたな」

　両親が席をはずしたのを見計らったように、弟が声を潜めて言った。

　それは私も気づいていた。玄関に入った途端に目が行った。

「廊下だけじゃないよ、階段にもトイレにも付けてある」答えたのは姉である。

「さっき、ちょっと聞いたんだけど、かあさん、去年の暮れに、廊下で転んで捻挫《ねんざ》したんだって。しばらく、松葉づえをついてたみたい」

　初めて聞く話だった。

「やだ、何で知らせてくれなかったんだろう。あんた、知ってた？」

「いや、全然」と、弟が首を振る。

「大した怪我じゃなかったから、余計な心配をかけたくなかったんだって。だけど、これから先のことを考えると、やっぱり手摺りを付けた方がいいってことになったらしい」

「そっか……」

思わず息を吐《つ》いた。弟も、どう言えばいいのか言葉が見つからないようだった。しばらく、三人とも黙っていた。台所から父と母の声が聞こえて来る。栓抜きはどこだ、食器棚の下の引き出し、つまみはないのか、冷蔵庫にチーズがある、そんな日常的なやりとりが流れて来る。

「さっきさぁ」と、弟が呟《つぶや》いた。「部屋に入って、久しぶりに親父《おやじ》を見た時、どきっとしたよ。何か年取ったなあって。やっぱり定年退職したせいもあるのかな」

確かに、父の髪はもう三分の二が白髪に変わり、表情にも深いシワが目立つようになっていた。母もいつのまにか背中が丸くなり、ミャアと同様、身体が一回り小さくなったように感じる。

「忙しくて、ここんとこずっと帰ってなかったからな」

そうね、と、私と姉もつられるように頷いた。

両親が老いてゆくことに気づかなかったわけじゃない。ただ、頭の中にある両親は、いつまでも昔の姿のままだった。自分より大きくて、怖くて、強い存在だった。しかし、それはただそうであって欲しいという、娘や息子の勝手な思い込みなのだろう。

玄関で声があった。今度こそ寿司が届いたようである。みな台所の食卓に移った。寿司桶《おけ》を真ん中にして、母の漬けた漬物や、加賀《かが》セリの卵とじや、こんか鰯《いわし》といった料理が並べられる。ビールが注《つ》がれ、食事が始まった。

姉がビールを口にすると、ミャアに目を向けた。

「ごめんね、あんまり帰って来られなくて」

ぽつりと漏らしたその言葉が、ミャアだけに向けられたものではないということは、私も弟もわかっていた。

家を出てからずっと、私たちは「忙しい」を言い訳に、両親のことは二の次にしていた。優先するのは、何よりも自分の予定や都合だった。その間、父と母の傍《そば》に寄り添い、ふたりを見つめていたのはミャアだった。胸の奥底から、後ろめたさに似た痛みが湧き上がって来た。

どうにも場は沈みがちになった。父は相変わらず無口だし、母もどこか上の空だ。

「賑やかにやろうよ」と、弟が言い出した。

「聞いたことがあるんだ。動物って、最期まで耳が聞こえるらしい。ミャアだって、俺たちの明るい声を聞いた方が安心するだろう」

その通りだと思った。今、私たちがすべきなのは、悲しみを嚙《か》み締めることではないはずだ。

姉が大阪での話を面白おかしく披露した。弟は出張先の失敗談でみなを笑わせた。私も負けじと、姉や弟に突っ込みを入れた。それに子供の頃の思い出話も絡まって、両親の表情も次第にほぐれていった。

明るく笑い転げていても、それぞれに厄介なことを抱えているのはわかっている。姉は、姑《しゅうとめ》とあまりうまくいってないらしい。家族経営となると、気苦労も多いのだろう。また、冗談を飛ばしている弟も、すべてが順調というわけではないはずだ。最近、会社は大手に吸収合併された。そのせいで微妙な立場に立たされているのは想像がつく。私自身、半年前に結婚を約束した男に去られていた。その痛手はまだ深く残っている。けれども、誰も愚痴めいたことは口にしなかった。それくらいの振る舞いができるほどには、もう大人になっていた。

ミャアが意識を取り戻したのは、食事が終わりかけた頃である。

「あ、目を開けたぞ」と、父がいちはやく気づいた。

私たちは慌てて駆け寄り、ミャアを取り囲んだ。覗き込むと、確かに目が開いていた。それは、驚くような澄んだ目だった。その目で、ミャアはゆっくりと父を見た。それから母を見た。次に姉を、そして私を、弟を見た。

その目は、どこまでも深い海のようでもあった。その時が来た、と、誰もが思ったはずである。ミャアは残された力を振り絞って、私たちに別れを告げているのだ。

その通りだった。やがて満足したかのように、ミャアは静かに目を閉じた。それが最期だった。

最初に泣いたのは父である。肩を震わせ、私たちにはばかることなく嗚咽《おえつ》した。母もこぼれる涙をぬぐおうともせず、ミャアの名を呼び続けた。

私たちきょうだいは、黙ってふたりを見ていた。

ミャアがこの家に来た日、飼って欲しいと泣きじゃくったのは私たちだった。あの日から二十年。今、泣いているのは父と母だった。

胸を締め付けるのは、ミャアへの悲しみばかりではない。私たちは確かに今、過ぎた月日の重さを噛み締めていた。ここにきょうだい三人を呼んだのは、ミャアの最後の意思に違いないと思えた。

ミャアは逝った。けれども、ミャアの通り道だったあの隙間は、決して閉じたわけではない。いつだって家族と繋がっている。

だから、心配しないで。

呟いたのは、姉も弟も同じだろう。

いつの間にか、縁側の向こうに雪がちらついていた。ミャアがこの家に来たあの時と同じ、真綿のような雪だった。

運河沿いの使わしめ

ベランダに茶太郎《ちゃたろう》の姿はなかった。

外はまだほのかに明るさが残り、梅雨《つゆ》間近の空気が温《ぬる》く淀《よど》んでいる。江美《えみ》は二階のベランダの柵から身を乗り出し、裏通りに目を凝らした。それらしき姿はない。

いつも出勤前に茶太郎を外に出している。茶太郎はベランダから細い雨どいを伝わって塀に飛び移り、意気揚々と道へ下りて行く。

近くには車の往来が激しい幹線道路が走っていて、安全を考えると部屋に入れておきたいのだが、朝になると茶太郎は決まってサッシ戸の前に座って開けて欲しいと要求した。もともと外猫なのだから、外に出たくなるのは仕方ないのかもしれない。牡猫《おすねこ》の習性もあるのだろう。半ば根負けするような形で、出すようになっていた。

日付がそろそろ変わろうという時間になっても、茶太郎は戻らなかった。帰りが遅い夜もないわけではないが、こんな時間になることはめったにない。ベッドに入ったがなかなか寝付かれず、うとうとしてハッと目を覚まし、ベランダを覗いて肩を落とす、それを繰り返した。

翌朝になっても茶太郎は帰らなかった。一緒に暮らし始めるようになって、こんなことは初めてだ。

大丈夫、今日はきっと帰ってくる。

その日は早めに仕事を終えて帰宅したが、やはり茶太郎はいなかった。

不安が嫌な胸騒ぎに変わってゆく。他の猫と喧嘩して怪我をしているのではないか、事故にでも遭ったのではないか。悪い想像ばかりが広がった。もしやと思って保健所や動物愛護相談センターなどに連絡を入れてみたが、どこからも該当する猫は保護されていないと聞かされた。

三日経つと、仕事が手に付かなくなった。待っているだけでは埒《らち》が明かないと、江美は部屋を飛び出した。猫の行動範囲は半径五百メートルほど、牡だと三キロに及ぶという。とにかく近所を捜し回った。

マンションと一戸建てが混在するこの辺りは、猫の姿はほとんど見かけない。どの家も室内で飼っているからだ。それでも人影の消えた公園の中や、明かりの漏れる民家の垣根の茂みを覗いては「茶太郎、茶太郎」と、声を掛けた。

でも、その姿はどこにもない。

茶太郎は茶トラの牡猫で、去年の冬の初め、マンションのベランダに現れた。

小さな鳴き声に気づいて、サッシ戸を開けると、そこに茶太郎がいた。ものおじもせず、江美をまっすぐ見上げた時の、あの眼差《まなざ》しを今もはっきりと思い出すことができる。

大丈夫だよ。

まるで江美の気持ちを見透かすような目をしていた。

実際、その時の江美は心身ともに打ち拉《ひし》がれていた。

二年間揉《も》めに揉めた離婚が成立し、江東区《こうとうく》にある1LDKのこの部屋に移ってから、五か月ほどが過ぎていた。駅から徒歩十分。下町の風情が残り、運河や水路が多く流れ、そこここに橋が架かっている。風向きによっては潮の匂いが漂ってくる。

離婚は決して望んだ結末ではなかった。学生時代から付き合って来た夫との結婚は、江美が長く待ち望んだゴールだった。笑顔に満ちた幸福な日々は確かなものであり、穏やかな日々は永遠に続くものと思っていた。それはあまりに突然の申し出だった。江美は心底狼狽《ろうばい》した。できるものなら修復をと願ったが、すでに違う女へと心が奪われていた夫は頑なだった。

最初は冷静だった話し合いは、やがて争いと皮肉の応酬へと変わっていった。いつしか夫は口をきかなくなった。それは何があろうと決心は変わらないという、宣言でもあった。目の前にいるのは、もう江美が知っている夫とは別人だった。やり場のない葛藤に疲れ果て、最終的に夫の要求を受け入れることになったのは、もうそれしか手立てがなかったからである。二十九歳から五年間の結婚生活だった。

離婚は江美の生活を大きく変えた。

まず人付き合いをしなくなった。妙に気遣われるのは煩《わずら》わしかったし、あれこれ詮索されるのもうんざりだった。江美自身、夫がよそに女を作って離婚した、そんな情けない成り行きなど死んでも口にしたくなかった。会社の飲み会や食事会に顔を出さなくなり、学生時代からの知り合いとも距離を置いた。

何をするのも億劫《おっくう》になったのも、その頃からだ。仕事を終えてマンションに帰ると、もう一ミリたりとも動きたくない。掃除も洗濯も炊事もまったくやる気が起こらず、朝のゴミ出しすらも面倒くさかった。食事はすべてコンビニ弁当とスーパーの総菜で賄い、冷蔵庫の中にはミネラルウォーターぐらいしかなかったが、少しも不便は感じなかった。

あれは引っ越して半月ほどした頃だ。帰宅途中、いつものようにコンビニでお弁当とお茶とスナック菓子を買って部屋に戻って来た。ぼんやりテレビを観ながら食べ、食べ終えると、殻をテーブルの上に置いた。

翌朝、それを見ても何とも思わなかった。目に入らなかったと言った方がいいかもしれない。その日の夜も弁当を食べ、食べ終えてから前日の殻に重ねた。その翌日も同じだった。そして、その翌日も――。

テーブルの上がいっぱいになると、テーブルの下に置いた。テーブル下が溢《あふ》れると、手を伸ばしたところに置いた。その頃にはもうゴミという感覚はなくなっていた。それらはまるでテレビのリモコンと同じように、部屋の備品のひとつになっていた。

やがて、それ自体が細胞分裂してゆくかのように、ゴミは部屋を占領して行った。お弁当殻ばかりではない。ペットボトルやスナック菓子の袋も散乱し、そこに雑誌や新聞が放り出され、脱いだままの服が重なって山になった。

こんな状況になっても、片付ける気はまったく起きなかった。どうせ誰も訪ねて来やしないのだ。やる必要なんかない。やがて部屋はゴミで溢れ、江美の居場所はテーブルの前のクッションとベッドの上だけになった。

洗濯は溜めに溜めて、下着の替えがなくなったら仕方なく洗濯機を回す。ストッキングを二日続けて穿《は》いても平気になった。お風呂に入るのも煩わしかったが、会社勤めをしている以上はそうもいかず、朝にしぶしぶシャワーだけは浴びた。しかしその分、週末はパジャマ代わりのジャージを着たままごろごろ過ごした。ゴミが溢れているのは部屋だけじゃない。キッチンには洗い物が溜まり、バスもトイレもカビだらけになった。

その頃から肌が荒れ始め、顎にできた吹き出物と口内炎が治らなくなった。体重が五キロ増え、留まらなくなったスカートのホックを隠すために、長めのジャケットが手放せなくなった。部屋は饐《す》えた臭いに包まれ、時々、隅の方でガサゴソと虫の這《は》う音がした。

頭では、何とかしなければならないとわかっていた。しかしその時に江美がしたことは、消臭剤と殺虫剤を部屋中に噴霧することだった。

ベランダの向こうから、猫の鳴き声が聞こえたのはそんな時だ。サッシ戸を開けると、茶トラの猫がいた。青色の手作りらしい首輪をしていた。人馴《ひとな》れしているようで、江美を見ても逃げようともしなかった。

どうして部屋に入れてしまったのか、よくわからない。猫を飼ったことは一度もない。飼おうという気になったこともない。ただ、江美の気持ちを見透かすような目に心惹《ひ》かれた。

「入る？」

言うと、当然のように猫は部屋の中に入って来た。しかし、あまりの散らかりように猫もしばらく戸惑ったようである。部屋を見回してから、江美がいつも座っているクッションの上に乗った。

「そこは私の……」

だが、猫はどくつもりはなさそうだ。江美は仕方なく、床に積み重なっていた弁当殻やペットボトルを移動させ、自分のための空間を作った。

「何か食べる？」

言ってみたものの、餌になるようなものは何もない。そういえば三日ほど前、スーパーでパックに入ったお好み焼きを買った時、小袋に入ったかつおぶしが付いていた。部屋を見回したが、食べた後、適当にその辺りに置いたのでどの袋に入っているのかわからない。三つ四つと広げ、ようやくそれを見つけ出した。

新聞のチラシを広げて、その上にかつおぶしをあけた。猫はそれを旨《うま》そうに口にした。食べ終わると、すっかり寛《くつろ》いだように大きく四肢を伸ばし、やがてクッションの上で丸まり、小さな寝息を立て始めた。外に出る気はなさそうだ。その夜、猫をそのままにして江美はベッドに入った。

朝、目覚めると、猫が枕元で眠っていた。こんな近さで猫を見るのは初めてだった。思わず声を上げそうになったが、息を潜めてじっと猫を眺めた。ピンク色の小さな鼻、柔らかそうな頰、ぴんと張ったヒゲ、息遣いが規則正しく耳に届く。もう起きなければならない時間だが、今、身体《からだ》を動かしたらきっと驚いてベッドから飛び降りてしまう。もうしばらくこのまま見ていたい。この感覚をどう表せばいいだろう。温かいものが胸の中に広がっていた。

その日以来、猫は江美の帰宅を見計らったように、ベランダで待つようになった。首輪をしているのだから、飼い猫だと思うのだが、もしかしたら、飼い猫だったのかもしれない。

「捨てられたの？」

思わず問い掛けた。猫の姿が自分と重なっていた。

「だったら、うちの子になる？」

マンションは原則として動物の飼育は禁止だが、管理会社の規制は緩く、小さな犬や猫を飼っている住人は結構いる。咎《とが》められることはないだろう。

身体は薄茶色の縞模様《しまもよう》で、足はソックスを穿いたように白く、耳がピンと立ち、眼《め》は深い琥珀色《こはくいろ》。その色合いと、毛繕いで足を上げた時に牡だとわかり、名前は茶太郎にした。

それまで付けていた青色の首輪は処分し、ホームセンターのペットコーナーで黒と黄色のチェックの首輪を買ってきた。茶太郎によく似合っていた。

茶太郎は日中外に出ているが、江美が部屋にいる間はいつもそばにいる。初めて膝に乗られた時、どう扱えばいいのかわからず緊張した。おずおずと背中を撫でると、気持ちよさそうにゴロゴロと喉を鳴らした。猫の毛がこんなにしなやかだなんて知らなかった。身体の温かさにも驚いた。毛の中にそっと顔を埋《うず》めると、香ばしい匂いが鼻の奥に広がった。

夜はベッドで一緒に眠り、週末は朝から晩まで共に過ごした。

「こんな汚い部屋のどこが気に入ったの？」

茶太郎に尋ねると、琥珀色の瞳で困ったように江美を見上げた。

「ほんと、ひどい部屋よね、自分でもびっくりしちゃう。でもね、以前はこうじゃなかったのよ。信じられないかもしれないけど、すごくきれい好きで、料理も得意だったの」

掃除に手を抜いたことはない。こまめに掃除機をかけたし、キッチンのシンクはいつもぴかぴかに磨き上げた。お風呂に赤カビを発生させるなんてことは決してなかった。食事も産地から取り寄せたオーガニック野菜を使い、栄養のバランスを考えて手作りした。週末には常備菜を作り置きするのが習慣だった。

仕事との両立は大変だったが、家事を手抜きしたくなかった。夫に喜んで欲しい、心地よく過ごしてもらいたい。それが江美の幸せであり、妻として当然の役割と思っていた。

「でもね、別れ際に夫は何て言ったと思う？　『家に帰っても落ち着かなかった、会社にいるより疲れた』だって。笑っちゃう」

あの頑張りはいったい何だったのだろう。

茶太郎は江美のよき話し相手にもなってくれた。会社から帰ると、すぐに茶太郎を部屋に入れ、一日の出来事を報告する。「今日、課長が左遷されたのよ」「新しく来たバイトの女の子が使えなくてね」「いつもお昼時にエレベーターが混んで大変」。どうでもいいようなことを話し続けた。

時には、こんな話も。

「もし、子供がいたら違っていたかもしれないかな」

結婚した時、すぐにでも欲しいと言ったのは夫の方だ。しばらく待ってと、江美は説得した。会社は茅場町《かやばちょう》にある主に繊維を扱う商社で、中規模だが安定した業績を誇っている。ただ、まだ少し古い体質が残っていて、会社の中で自分のポジションが安定するまで仕事を休みたくなかった。決心がついたのは、三年たって、会社側にも女性社員の産休や育休に対する理解が深まるようになったからだ。

しかし、その時にはもう、夫の方が乗り気ではなくなっていた。肌を寄せ合う夜もすっかり遠のいていた。

「今となれば、まったくのお笑い種《ぐさ》よね。その頃にはもう別の女がいたの。何も気が付かなかった自分が馬鹿みたい」

クリスマスもお正月も茶太郎と過ごした。寂しいなんて少しも思わなかった。江美と茶太郎の暮らしは長閑《のどか》に過ぎて行った。

気持ちに変化が起きたのは、しょっちゅう行くようになったホームセンターのペットコーナーで、きれいな羽根の付いた猫じゃらしを見つけた時である。これなら茶太郎はきっと喜んで遊んでくれる。茶太郎が喜んでくれれば江美も嬉しい。そのためのスペースを作りたいと思ったのだ。どうせならフードや水を入れる器もお洒落なものに変えたい。ベランダに出してあるトイレも部屋にあった方がいい。爪とぎだって必要だ。キャットウォークも設置できれば——。

するとまるで眠りから覚めるように、茶太郎と遊ぶ部屋の様子が頭に浮かんだ。何より、殺虫剤と消臭剤を茶太郎は嫌がり、それを撒《ま》こうとすると外に出たがった。

片付けの決心がついて、すぐに実行に移した。時間を置くと気持ちが挫《くじ》けてしまいそうな気がした。

掃除には週末の二日間を費やした。弁当殻やペットボトル、スナックの空き袋は、分別しながらゴミ袋にまとめ、雑誌や新聞のたぐいは紐《ひも》で縛り、ゴミ袋と一緒に集積場に持って行った。そのために一階と二階を四回も往復しなければならなかった。キッチンに溜まりに溜まっていた鍋や食器は、洗って定位置に戻し、脱ぎっぱなしだった服はハンガーに掛けてクローゼットにしまった。お風呂とトイレを磨き上げ、部屋に掃除機をかけ、床を雑巾がけした。

どうして、こんなことができなかったのだろう。

片付いた部屋を眺めながら、江美は不思議に思った。

離婚のダメージは、想像以上に江美を追い詰めていたらしい。いい奥さんを頑張っても、夫は去った。いったい何のための努力だったのか。夫に自分を否定されたことで、江美自身もまた、自分を否定してしまいたかったのかもしれない。

食事も手作りするようになった。野菜と魚を中心にしたメニューに替えると、しつこかった顎の吹き出物は小さくなり、口内炎も治まった。

じきに、増えてしまった体重を落とすためジョギングも始めた。週末に運河沿いを三、四キロばかり走る。川の風を受けながら汗をかくと気分も晴れた。

十日ほど前には、上司から新しい企画を任された。

「期待してるよ、頑張ってくれ」

「はい、精一杯やらせていただきます」

長く忘れていた高揚感を、江美は久しぶりに噛み締めていた。

後輩を食事に誘ったのは、つい先日のことだ。前々から江美に手を貸してくれている、信頼のおける三人の女性メンバーで、新企画も彼女たちとのチームで行う。夫との離婚以来、江美の変化を感じていたに違いないのに、何も言わずサポートに徹してくれた彼女たちに、ささやかながら感謝の気持ちを伝えたかった。

「いろいろと迷惑をかけてごめんなさい。これから心機一転、頑張りますので、どうぞよろしくお願いします」

ワインで乾杯した時の、彼女たちの安堵《あんど》した笑みに、江美も救われる思いだった。

すべては茶太郎との出会いが始まりだ。茶太郎が江美の生活そのものを変えた。もし茶太郎がいなかったらいったい自分はどうなっていただろう。夫への恨みと憎しみにまみれ、江美自身が部屋に溢れたゴミそのものになっていたように思う。今はもう、茶太郎はなくてはならない存在だ。

その茶太郎が帰って来ない。

いてもたってもいられない。


土曜日、朝早くから茶太郎を捜しに部屋を出た。

半径三キロとなると相当の範囲だ。公園を覗いては、遊ぶ子供たちや母親にスマホで撮った写真を見せて回り、家の前を掃除している主婦や、運河沿いをのんびり散歩しているお年寄りに「こんな猫をみませんでしたか」と、片っ端から尋ねていった。しかし、誰もが首を横に振るばかりだった。

陽《ひ》が落ちる頃には疲れ果てていた。重い足を引き摺《ず》るようにしてスーパーに寄り、買い物を済ませた。出口近くに来たところで、江美はふと足を止めた。壁に掲示板が設置してある。そこにはバザーの案内や防犯のお報《しら》せ等の他に、迷い猫や迷い犬のチラシが貼られている。

ここであのチラシを見つけたのは、茶太郎がベランダに現れてから半月ほど経《た》った頃である。ずいぶん前から貼ってあったようで、端がめくれていた。

『名前は小虎《ことら》。見かけた方、お知らせください』

悪戯《いたずら》電話がかかる気懸りもあるだろうに、チラシには岸田《きしだ》という名前と自宅の電話番号が記されていた。飼い主の切々たる思いが伝わって来るようだった。

チラシの下半分には、猫の写真が載せられていた。茶トラで、足はソックスを穿いたように白く、耳はピンと立ち、瞳は濃い琥珀色。青い首輪をしている。

間違いなく茶太郎だった。

「捨てられたんじゃなかったんだ……」

そう思ったとたん、江美は素早くチラシを剝がしてバッグの中に押し込んだ。自分以外の誰かに見られたら困ると思ったのだ。

そして今、江美はあの時のチラシに目を落としている。後ろめたさがあって、どうしても捨てられず、引き出しの奥にしまっていた。

すでに長い時間が経っている。飼い主だってさすがに諦めただろう。ただ日中、茶太郎は外に出ている。あのスーパーにチラシを貼るぐらいだから、飼い主もそう遠くに住んでいるわけではないはずだ。もしかしたら偶然に出会うことだってあるかもしれない。茶太郎も飼い主と再会すれば、喜んでその胸に飛び込んでゆくだろう。

「もし、そうだったら……」

何としても茶太郎を譲ってもらわなければならない。勝手な言い分と責められても、頼み込むしかない。それが叶《かな》うなら何でもする。茶太郎がいない生活なんて、もう考えられない。

電話に出たのは女性だった。

「はい、岸田です」

江美はためらいがちに切り出した。

「突然お電話してすみません。実は、お宅の猫ちゃんのことで連絡させていただきました」

「小虎のことですか」

「はい。あの、実は小虎ちゃん、去年からうちにいました」

「えっ」

「もうずいぶん前ですが、スーパーの掲示板に貼られたチラシを見ました。その時、お宅の小虎ちゃんだとわかったんですけど、茶太郎……私は茶太郎と呼んでいたんですが、どうしても手放せなくて……捜していらっしゃるのはわかっていたのに、連絡を差し上げずに、本当にすみませんでした」

電話の向こうで女性が戸惑っている。

「そうだったんですか」

「それが……、実は、一週間ほど前に茶太郎がいなくなってしまったんです。いろんなところを捜したんですが、どうしても見つからなくて。それで、もしかしたらそちらに戻っているんじゃないかと思って電話させてもらいました。勝手な言い分とわかっているんですが、もしそうなら、茶太郎を譲っていただけないでしょうか。お願いします」

女性の答えは簡潔だった。

「残念ながら、うちには戻っていません」

落胆が江美を包んでゆく。

「そうですか……。今になってこんな電話を差し上げて、本当に申し訳ありませんでした」

責められて当然だった。捜しているのを知りながら、勝手に茶太郎を自分の猫にしてしまったのだ。女性はしばらく沈黙した。

「そんなに謝らなくてもいいんですよ。それより、あの、もしよかったら小虎の話をもう少し聞かせてくれませんか」

意外な言葉が返って来た。

「小虎が、あなたのところでどんなふうに過ごしていたか、教えて欲しいんです」

岸田家を訪問したのは次の休みの日である。自宅に来て欲しいと言ったのは彼女の方だ。教えられた家は、運河に架けられた橋をふたつ渡った先の一軒家で、表札に「岸田恭一《きょういち》、多恵子《たえこ》」と記されていた。

玄関先に現れた多恵子は、江美より少し年上に見えた。肩まで伸びた髪を後ろでひとつに結わえ、化粧気はほとんどない。江美を見て小さく頭を下げた。

「わざわざ、いらしていただいてすみません。今、ちょっと家を空けられないものですから」

その理由はすぐにわかった。居間に通されると、ベビーチェアに赤ちゃんが座っていた。愛らしい薄桃色のベビー服を着ている。

「最近、ハイハイするようになって、目が離せないんです」

「可愛いお子さんですね」

「ありがとうございます」

多恵子の頬が幸福さに満ちている。

「どうぞ、お座りください。紅茶かコーヒーいかがですか」

「すみません。じゃあ紅茶をいただきます」

多恵子がキッチンに立ってゆく。人見知りをしない子らしく、にこにこと愛想のいい笑顔を向ける。江美も思わず頬が緩む。

じきに紅茶の用意を整えて、多恵子が戻って来た。

「それで、小虎とはどこで会ったんですか？」

向かいに座って、多恵子がテーブルにカップを置いた。

「それが、ふいにベランダに現れたんです。去年の冬の初めです。すぐいなくなるだろうと思ったんですけど、戸を開けたら当たり前のように部屋に入って来て、それでそのまま居ついちゃって」

多恵子は小さく笑った。

「ふふ、うちとおんなじ」

「そうなんですか」

「うちも突然現れて、まるで自分の家みたいに入って来たんですよ」

それから多恵子は懐かしむような眼をした。

「私、その頃、すごく気持ちが不安定だったんです。ちょうどこの子を妊娠してすぐだったんですけど、その前に三回も流産していたから、今回もそうなるんじゃないかって、怖くて、苛々《いらいら》してて。時には、夫に突っかかったりして、家の中の雰囲気もすごく悪くなってたんですよね」

それから気づいたように肩を竦《すく》めた。

「ごめんなさい。初対面の人にこんな話をして」

「いえ」

「小虎を知っている方だと思うと、何だか他人とは思えないっていうか」

「私も同じです」

ふたりは顔を見合わせて小さく肩を竦めた。

「庭先に小虎が現れたのは、ちょうどそんな時でした」

彼女が庭に目を向けた。三坪ほどの小さな庭だが、手入れが行き届いている。今は紫陽花《あじさい》が満開だ。

「あの時、私を見上げた小虎の目が忘れられません。大丈夫だよ、そんな目をしていました」

江美は思わず多恵子を見直した。

「その目を見た時、どういうわけか懐かしいようなホッとするような、穏やかな気持ちになったんです。妊娠中だったし、野良猫なんて絶対に家に入れるつもりはなかったんですけど、気がついたら小虎はもう上がり込んでました。でも、不思議なことにそれがちっとも嫌じゃなくて」

多恵子が紅茶を口にする。

「小虎はいつも私に寄り添ってくれました。それまで、猫って気まぐれで何を考えているのかわからない生き物と思っていたんですけど、一緒に暮らすようになって、こんなに人の気持ちを読むんだってびっくりしました。気持ちが不安定になると、ふっと膝の上に乗って来たりするんです。小虎がいてくれるだけで、何だか守られているような気がしました」

「ええ、それ、よくわかります」

江美は相槌《あいづち》を打った。

「小虎がいなくなったのは、娘が生まれてすぐでした。私が娘の世話にかかりっきりになったから出て行ったんじゃないかって、小虎に申し訳なくて、あちこち捜し回ったんです。スーパーにチラシも貼りました。でも、結局、見つかりませんでした」

それから、多恵子は江美を見た。

「その時にはもう、あなたのところにいたんですね」

江美は頷く。

「そうです。お返ししなきゃいけないとわかっていたのに……。すみません」

赤ちゃんがぐずり出した。多恵子はチェアから赤ん坊を抱きあげてあやし始めた。

「でも、どうしても手放せなかったんです。その時、私は離婚したばかりで生活がぼろぼろでした。何もする気になれず、ゴミに埋もれた暮らしをしてたんです。それが茶太郎のおかげで、少しずつ人間らしい暮らしを取り戻すことができました。もし、茶太郎が現れなかったら、今もあの生活を続けていたかもしれません」

「あなたも大変だったんですね」

ママに抱かれて落ち着いたのか、赤ちゃんは目を閉じ、規則正しい呼吸を始めた。

「さっき、うちの猫みたいに言いましたけど、本当はそうじゃないんですよ」

多恵子が言った。

「え？　どういうことですか」

「チラシを貼ってから、いろいろ連絡がありました。悪戯も多かったけれど、『あれはうちのニャン助です』って言う方がいらしたんです」

「前にもどこかで飼われていたってことですか」

「そうだったようです。それで、その時電話でお聞きしたんですけど、小虎、いえニャン助ですね、いつの間にか自宅に入っていて、介護していたお義母《かあ》さんの膝の上に座っていたらしいです。その頃のお義母さん、ずいぶん荒れていて、財布からお金を盗んだとか、ごはんを食べさせないとか、悪い妄想にかられて、その方もずいぶん苦労されていたようでした。でもニャン助が来てから、お義母さん、すっかり穏やかになられたそうです。そうそう、そのお義母さん、こう言っていたんですって。ニャン助は神さまの使わしめだって」

　神さまの使わしめ。

　江美は口の中で呟いた。

　赤ちゃんがまたぐずり始めた。「はいはい、喉が渇いたのね、ジュース飲もうか」と、赤ちゃんを抱いたまま、再びキッチンに立って行く。

「ニャン助がいなくなったのは、お義母さんのお葬式の日だったそうです。その方も、いろいろ捜し回ったらしいんですけど、結局、見つからなかったとのことでした」

キッチンからの声に、江美は答えた。

「その時にはもう、こちらにいたんですね」

「ええ、そういうことです」

多恵子が戻って来た。赤ちゃんがストローマグからジュースをちゅうちゅう吸いあげている。多恵子はその姿に目を細める。

「今、あなたのお話を聞いて、私、そのお義母さんが言った意味がわかったような気がします」

多恵子の言わんとすることは、江美にも伝わっていた。

「小虎は家から家を渡り歩いていたんですね。それも厄介ごとを抱えた人のもとばかりに。そのお義母さんが言われたように、確かに神さまの使わしめなのかもしれない」

「ええ、本当に」


夏が過ぎ、季節は初秋を迎えようとしていた。

茶太郎のいない暮らしにもようやく慣れるようになっていた。会社から帰るとベランダを覗く癖は今も抜けないが、落胆することも少なくなった。

新たに任された仕事は、想像以上の忙しさだったが、後輩たちとのチームワークも上々で、やりがいを感じている。部屋に戻れば、片付けも掃除もこまめにやっている。

もちろん食事も手作りしている。おかげで体調はすこぶるいい。

週末のジョギングも続いていた。いつの間にか顔馴染《かおなじ》みもできて、言葉を交わすようになった。彼らに誘われて、来年はフルマラソンに挑戦してみようかと考えている。

その日は少し遠回りして、白木蓮《はくもくれん》の並木が続く汐浜運河《しおはまうんが》沿いの遊歩道を走った。春になれば乳白色の花が満開となり、ランナーたちに人気のコースだ。

走っている途中、ふと目の端に映ったものに気づいて足を止めた。顔を向けると、十メートルほど離れた植込みのそばに猫の姿があった。赤い首輪をしたトラ猫だ。トラ猫なんて珍しくない。模様もみなよく似ている。

猫がちらりと江美を見た。その瞬間、江美は叫んだ。

「茶太郎！」

その足も、耳も、目も、毛模様も、茶太郎に違いなかった。

しかし茶太郎はくるりと背を向けると、素早く柵を乗り越え、すぐに姿が見えなくなった。江美は夢中で追い掛けた。家々が軒を並べる路地を、左右に目を凝らしながら走った。

ようやく見つけたのは、一戸建てのブロック塀の上である。茶太郎は塀から庭の木に飛び移り、二階の窓の前に座った。すると待っていたかのように窓が細く開き、茶太郎の姿は中に消えて行った。

矢も楯《たて》もたまらず、江美は家の前に回ってチャイムを押した。

「はい」

そして息せき切るように言った。

「すみません。今、うちの猫がお宅の二階の部屋に入ってゆくのを見たんです。いなくなってからずっと捜していたんです」

怪訝《けげん》な声が返って来た。

「何かの間違いじゃないですか。あれはうちで飼っているマロンですけど」

「いいえ、確かにうちの茶太郎です。見間違いなんかじゃありません。ご迷惑とは思いますが、ちょっと会わせてもらえませんか。会えば、わかりますから」

しばらく戸惑うような間があった。

「ちょっとお待ちいただけますか」

やっと見つけた。茶太郎と会える。また一緒に暮らせる。逸《はや》る気持ちを抑えられなかった。

しばらくして玄関先に女性が現れた。てっきり茶太郎を抱えて出て来ると思っていたが、そこに姿はない。女性の表情は硬かった。

「さっきも言いましたけど、見間違いだと思いますよ。マロンは娘がとても可愛がっている猫なんです」

「そんなはずはありません。あの子は間違いなくうちの茶太郎です。失礼ですけど、いつから飼っていらっしゃるんですか？」

相手は眉根を寄せて、黙り込んだ。

「三か月ほど前じゃありませんか？　その時、黄色と黒のチェックの首輪をしていませんでしたか？」

答えはない。

「とにかく会わせてください。お願いします」

江美は頭を下げる。その必死の様子に、女性の顔に困惑の色が濃くなってゆく。やがて、覚悟を決めたように言った。

「もしかしたら、マロンはあなたの捜している猫なのかもしれません。でも、どうかこのままうちに置いておいてもらえないでしょうか」

その目には追い詰められたような気配が滲《にじ》んでいた。

「娘はずっと引き籠っていました。学校でイジメに遭ったのが原因です。部屋からまったく出て来なくて、ごはんも部屋でひとりで食べて、私たちと顔を合わそうともしませんでした。それがマロンが現れて、ようやく閉ざしていた心を開き始めたんです。この間、久しぶりに家族揃って食卓を囲みました。あの子の笑顔を見たのは何か月ぶりか……。今、マロンは娘の心の支えになっているんです」

そして、女性は腰を折るように深く頭を下げた。

「お願いです。娘のために、このままうちで飼わせてもらえませんか。大切に育てます、約束します。だからお願いです」

何も言えなかった。母親の切羽詰まった言葉にこれ以上何が言えるだろう。江美ができるのは、その場から立ち去ることだけだった。

玄関を離れて二階の窓を振り返ると、ガラスの向こうに茶太郎が座っていた。琥珀色の目で江美をじっと見下ろしている。

茶太郎……。

江美は見つめ返した。切なさが胸を埋めてゆく。自分は本当に、茶太郎のいない暮らしに戻れるのだろうか。

しばらくすると少女が現れた。その顔にはまだあどけなさが残っていた。茶太郎は少女に抱き上げられ、部屋の中に消えて行った。

そうなのね、今度はその女の子に寄り添ってあげるのね。その子が立ち直るまで一緒にいてあげるのね。

いいのよ、茶太郎。それでいいの。私はもう大丈夫だから。

江美は運河沿いの遊歩道に戻った。目尻を濡《ぬ》らすものがあったが、それは決して悲しさではなかった。

風が運河を滑ってゆく。初秋の澄んだ空に、白い小石をばらまいたような雲が広がっている。江美はひとつ大きく息を吸い込んで、再び走り始めた。

もう振り返らなかった。

陽だまりの中

正月に帰省した時、息子の辰也《たつや》はいつもと変わらぬ様子で、富江《とみえ》の作ったおせち料理をつまんでいた。中でも花豆《はなまめ》を口にして「やっぱりこれだなぁ」と、目を細めた。

群馬の東に位置するこの辺りでは、おせちに入れるのは黒豆ではなく花豆と決まっている。そのため毎年、富江は裏の畑で育てている。花豆は黒豆の三倍ほどの大きさで、天日干ししたものを一晩水に浸し、四時間かけて煮込む。砂糖を利かせて甘く炊き上げたそれは、辰也の子供の頃からの好物だった。

四月に入っても肌寒い日々が続いていた。パートに出ている直売所の午前中の仕事を終え、ひと息ついた時、携帯電話が鳴った。相手は辰也の勤める会社の上司だった。

「おかあさん、落ち着いて聞いてください」

緊張した声で上司は言った。

「昨日、辰也くんは出社しませんでした。連絡はなく、携帯電話を鳴らしてみましたが出ません。無断欠勤などこれまで一度もないので心配していたんですが、今日も出社しなかったので、何かあったのかと思って、部下にアパートへ様子を見に行かせました。

呼び鈴を鳴らしても返事がなかったので、迷った末に、管理会社に頼んで開けてもらったんです。そこで、辰也くんが倒れているのを見つけました。すぐに救急搬送したのですが、時間が経過していたせいもあって……残念ながら手遅れでした」

電話を切ってから、ゆうに十分は動けなかった。聞いた話がどうにも理解できず、救急搬送とは何なのか、手遅れとはどういうことなのか、頭の中は混乱するばかりだった。とにかく東京に行かなければならない。それだけは認識して、仕事を早退して自宅に戻った。外出着に着替えようとするのだが、手がひどく震えてボタンがうまくかけられず、気ばかり焦った。

在来線の窓口で切符を買ってから、ようやく神奈川に嫁いだ長女の礼子《れいこ》に連絡を入れることに思い至った。短く事情を告げると、電話の向こうで礼子は悲鳴を上げた。

「わかった、私もすぐ行く。望美《のぞみ》には私から連絡しておくから」

次女の望美は茨城に嫁いでいる。

いったん高崎《たかさき》まで出て、新幹線に乗り換えた。電車に揺られながらも、まだ現実感が伴わなかった。ただ指先が冷たく強張《こわば》り、身体は平衡感覚を失ったようにぐらぐら揺れていた。

病院に着いたのは午後五時過ぎである。富江はベッドに横たわる息子と対面した。看護師にシーツをめくられ、露《あらわ》になったその顔は、正月に見た茶の間でうたた寝している表情と何ら変わりなかった。

辰也……。

富江は身体を揺すった。

辰也、辰也。

やがて身体の奥深くから激しい慟哭《どうこく》が突き上がり、富江は辰也の身体に覆いかぶさるように泣き崩れた。辰也はまだ三十一歳だった。

その後のことはあまりよく憶《おぼ》えていない。遺体を家に引き取り、近くの寺で葬式を出し、火葬場に向かった。死因はくも膜下出血だった。

辰也が勤めていた会社からは、遠方というのに十人あまりが参列してくれた。親戚や近所の人、子供の頃に親しかった友人、大学時代の仲間、富江がパートに出ている直売所の同僚たちもたくさん焼香に訪れてくれた。葬儀の手配や弔問客の対応は、ほとんど礼子と望美がこなしてくれ、富江はただ機械的に頭を下げるだけだった。

辰也は末っ子のせいもあって、人懐っこく大らかな性格だった。子供の頃から大病を患ったこともなく、体格は人一倍大きくて、大学までラグビーをやっていた。そんな辰也がこの若さで死ぬなんて、爪の先ほども考えたことはなかった。

葬儀の後も、憔悴《しょうすい》した富江を案じて、ふたりの娘は交代で泊り込んでくれた。しかし娘たちにも家庭がある。育ち盛りの子供らがいて、仕事にも出ている。いつまでも甘えているわけにはいかない。

初七日を終えた後、富江は言った。

「もう、私は大丈夫だから。これからは畑にも出るし、そろそろパートにも行かないとね。あんたたちもいつもの暮らしに戻りなさい」

それを聞いて、娘たちも少しは安堵したようである。

「じゃあ、そうさせてもらうね。辰也のアパートの荷物の引き揚げや、保険とかいろんな手続きがあるみたいだけど、それはみんな私たちでやるから、心配しないで」

「助かるよ」

実際、富江ひとりでは何もできなかっただろう。

「何かあったらいつでも連絡してね」

「ああ、わかった。そうするから」

娘たちがそれぞれ家族の待つ自分の家へと帰って行くと、家の中はしんと静まり返った。

富江自身、言った通り畑に出るつもりでいた。パートも再開する気でいた。しかし、ひとりになって待っていたのは、恐ろしいほどの虚無感だった。一日のほとんどを、富江は仏壇の前に座って過ごした。

そこには二十年前、ガンで死んだ夫と、辰也の写真が並んでいる。夫が死んだ時も辛《つら》かったが、あの時は子供らを守らなければならないという責任感が、生きる支えになってくれた。辰也の死はあまりに突然だった。子が親より先に逝く。こんな残酷な不幸がこの世にあるだろうか。

ふと、鳴き声が聞こえて富江は我に返った。

庭先を振り向くと、縁側のガラス窓の向こうに、両足を揃え、尻尾を身体に巻きつけた猫が二匹並んで座っている。

「ああ、もうそんな時間なのね」

富江はのろのろ立って台所に行き、戸棚からキャットフードを取り出した。

「はいはい、おなかすいたね」

声を掛けながら、縁側の踏み石の上に餌を入れた皿を置いた。

「さあ、お食べ」

去年の秋から、朝の七時ごろと夕方四時ごろに決まってやってくる番《つが》いの野良猫である。最初に現れた時、残り物の魚をやったらぺろりと平らげ、それから催促するように庭先で待つようになった。以来、戸棚にキャットフードを常備するのが習慣になった。

猫たちは餌を平らげると、満足そうに前に後ろにと大きく屈伸し、陽だまりの中に寝転がって毛繕いを始めた。そんな姿をぼんやり見ながら、富江はようやく気づく。

「ああ、そうだ、私も何か食べないとね」

富江は台所に戻って、自分の食事の用意を始める。猫たちがいなければ、いつまでも仏壇の前から離れられないでいただろう。今、自分を生かしてくれているのは、もしかしたらこの猫たちなのかもしれない。

数日後、来客があった。

午後三時を過ぎた頃だった。相変わらず仏壇の前で呆《ほう》けたように過ごしていると、玄関先から「ごめんください」と呼び声があった。

重い身体を引き摺りながら出てみると、花を抱えた見知らぬ女性が立っていた。年の頃は二十三、四歳といったところだろうか。女性というより、どこかまだ少女のような気配を残していた。ベージュ色の上着に茶色っぽいチェックのスカートという組み合わせは、六十半ばの富江の目から見ても地味な装いだった。

「突然お訪ねして申し訳ありません」

彼女はおどおどした様子で頭を下げた。

「私、元村千佳《もとむらちか》と言います。辰也さんにお線香を上げさせていただきたくて参りました」

「そうですか。わざわざありがとうございます。さあどうぞ、上がってください」

富江は千佳を仏間に案内した。台所でお茶の用意を整えて戻って来ると、仏壇の前で千佳は背中を丸めて、手を合わせていた。

その姿を見て、ふと、六年ほど前に辰也が彼女を連れて来た時のことが思い出された。髪が長くて、目のぱっちりしたとても綺麗《きれい》なお嬢さんだった。たぶん辰也の実家がこんな田舎だとは思っていなかったのだろう。笑みを浮かべながらも、居心地悪そうにもぞもぞしていた。部屋に小さな虫が飛んでいるのが気になるらしく、神経質に何度も首を竦め、そんな彼女を気遣うように辰也が一所懸命払ってやっていた。

交際を反対する気はなかった。しかし、あの時「もし、この子がお嫁さんになったら、ここには帰りたがらないだろうな」と、少々落胆したのを覚えている。結局、付き合いはうまくいかなかったのか、いつの間にか彼女の話はしなくなった。

「お茶をどうぞ」

声を掛けると、千佳は座布団から下りて頭を下げた。

「ありがとうございます」

伏し目のまま茶碗《ちゃわん》を手にする。顔色はあまりよくなく、頬には影が落ちている。痩せているというより、やつれているように見える。

「辰也とはどういうお知り合いなんですか？　会社の方？」

富江の問い掛けに「いいえ」と小さく首を振り、千佳は握りしめていたハンカチで口元を押さえた。

「私、辰也さんの会社の近くの居酒屋で働いていました。お昼ごはんや夕食を食べに、よく寄ってくださいました」

「そうなんですか」

「いつも優しくしていただきました。今年のお正月明けも、たくさんあるからって、花豆をお裾分けしてもらって」

「あの子ったらそんなものを」

おせちで作り過ぎた花豆を、東京に戻る辰也にタッパーに入れて持たせた。あれをこの子にあげたのか。

「田舎の煮豆なんか、口に合わなかったでしょう」

「いいえ、甘くてほくほくしていて、とてもおいしかったです」

「それならよかった」

富江は微笑《ほほえ》む。それにしても顔色が悪い。何度も口元にハンカチを持って行くのは、癖だろうか。緊張しているのだろうか。

「すみません、お手洗いをお借りしてもよろしいですか」

「ええ、どうぞ。廊下の突き当りにあります」

「失礼します」

千佳が立ってゆく。その時、庭先から猫の鳴き声が聞こえて、富江はいつものように餌の用意をした。

「さあ、お食べ」

いつも先に食べるのはメスの方だ。オスはじっとその様子を眺めている。オスはぼてっと太っていて、目と鼻と口が顔の真ん中に寄っていて、お世辞にも見栄えがいいとはいえないが、どこかとぼけた感じがして愛嬌《あいきよう》がある。毛並みがちょっと変わっていて、身体の大部分が薄茶色の長毛に覆われ、顔と足だけが黒い。風貌からして、洋猫の血が混ざっているのかもしれない。富江はその猫をボスと呼んでいる。メス猫の方は雉《きじ》トラで、大きな瞳としなやかな身体を持つ美しい猫だ。こちらはヒメと名付けた。

帰省した辰也がボスを見た時「不細工な猫だなぁ」と、笑っていたのを思い出す。

「よくまあこんな美人猫をゲットできたもんだ」

すかさず富江は言った。

「あんたも早くいい相手を見つけなさいよ」

「やばいやばい。藪蛇《やぶへび》だった」

と、おどけたように首を竦めた辰也の姿が思い出される。

それにしても、と富江は廊下を振り返った。トイレに立って十分近く経っている。いくら何でも長過ぎるのではないか。どこか具合でも悪いのだろうか。

気になって様子を見に行った。トイレの前に立ち、声を掛けようとしたところでハッとした。中から苦し気にえずく声が聞こえた。

急に心臓がどきどきし始めて、富江は慌てて仏間に戻った。しばらくじっとしていたが、心が逸って治まらない。

ようやく千佳が戻って来た。

「すみません」

よほど苦しかったのか、眼の縁が赤く染まっている。

「大丈夫？」

「はい」

「気持ち悪いの？」

「……少し」

これ以上尋ねてよいものか、富江は迷った。思い過ごしの可能性は十分だ。会ったばかりの相手にするような質問じゃない。何を埒もないことを考えているんだと、自分に呆れながらも、しかし、やはり問わずにはいられなかった。

「あの、こんな不躾《ぶしつけ》なことを聞いてごめんなさい。もしかしたら、あなた……。ううん、違うわよね。そんなわけないわよね。私ったらつい、馬鹿みたいなことを考えてしまって」

千佳が膝の上でハンカチをぎゅっと握り締めた。反論はない。思わず富江は前屈《まえかが》みになった。

「えっ、そうなの?」

息を詰めるようにして返事を待った。しかし、やはり千佳は何も言わない。

否定しない、つまりそれが答えなのだ。

「そうなのね、あなた、おなかに赤ちゃんがいるのね。それは辰也の……」

千佳が小さく首を横に振る。

「いいえ」

「正直に言ってくれていいのよ。いえ、言ってちょうだい」

千佳は小さい身体をますます小さくして、畳に手をついた。

「すみません」

「謝らなくていいのよ。つまり、そうなのね。その子は辰也の子なのね」

ためらいながら頷く千佳の姿に、身体から力が抜けていった。富江は目の前の千佳を見つめた。この子のおなかに死んだ辰也の子供がいる。やがて興奮が胸の中でふつふつと音を立て始めた。

「今、何か月?」

千佳が答える。

「四か月に入ったところです」

「そう、まだ悪阻《つわり》が辛い時期ね。大変よね……」

それきり富江も千佳も黙り込んだ。ふたりの無言が重なり合って、部屋の気配がとろりと重くなる。

富江は息を整えた。辰也の子が抱けるなんて、叶うはずのない夢のような出来事ではないか。今から言おうとしていることに、迷いがないわけではない。それでも言わずにいられなかった。

「産んでくれますよね」

それは頭ではなく、心が望んでいた。

千佳が驚いたように顔をあげた。

「いいんですか」

富江は膝を進めた。

「当たり前じゃないの、辰也の子なのよ。ぜひ産んでちょうだい」

千佳の表情がくしゃくしゃと崩れてゆく。ハンカチで顔を覆うと、安堵したように「ありがとうございます」と、掠《かす》れた声で言った。

「おはよう、千佳ちゃん」

「おかあさん、おはようございます」

弾《はじ》けるような千佳の笑顔と向き合うと、富江はいつも心が晴れた。

こうして一緒に暮らすようになるなんて、あの時は思ってもいなかった。けれども千佳が抱える事情を聞くうちに、それしかないと決めたのだ。

千佳は生まれ故郷の鳥取の高校を卒業後、上京し、アパレル会社に就職したという。その会社が潰れた後、アルバイトを転々とし、一年ほど前から今の居酒屋で働き始めた。そこで辰也と知り合った。妊娠がわかった時、辰也はとても喜び、「近いうちにお袋に紹介する」と言ってくれたという。そんな矢先の死だった。両親は小さいころに離婚して、しばらく母方の祖父母に引き取られていたが、その後、母のもとに身を寄せた。しかしすでに再婚相手との間に妹と弟が生まれていて、自分の居場所はなく、今も帰るつもりはないという。そのうえ、妊娠がわかって、居酒屋をクビになったと聞いて、どうして放っておけるだろう。

「だったら、うちにいらっしゃい」

「いいんですか」

「当たり前じゃないの」

そして千佳は、小さなボストンバッグをひとつ下げて、この家に引っ越して来た。

そんなふうに唐突に始まった千佳との暮らしだったが、富江は今、沼底に沈んだような毎日から、ようやく息を吹き返せたような気がしている。千佳がいてくれるだけで、柔らかな陽だまりの中にいるような温かさに包まれた。

千佳は最初こそ言葉少なだったが、緊張が解けるに従って、徐々に笑顔も増えていった。千佳が持つ、本来の素直で無邪気な性格も見られるようになった。年の割にきちんとした言葉遣いができるのも好ましかった。

千佳はすぐに野良猫たちとも顔馴染みになった。

「辰也さんから聞いたことがあるんです。実家の庭に、美女と野獣みたいな猫が来るって。この猫たちだったんですね」

「辰也ったら、そんなことまで話してたの？」

「聞いた時、猫が遊びに来るなんてすごく羨ましかったです。ずっと猫を飼うのが夢だったから。でも、アパートでは禁止されていたので諦めるしかなくて」

二匹の猫を眺めながら、千佳は口元をほころばせている。

「そうね、都会はいろいろうるさいものね、こんな田舎じゃ誰も気にしないから」

「自然の中で自由に生きられて、猫たちも幸せですよね。それにしても、ボスって優しい。餌を先にヒメに食べさせて、終わるまでじっと待ってるんだもの、びっくりです」

「そうなの、ヒメはそうされて当然みたいな顔で堂々と食べるの」

猫らは餌を食べ終えると、いつものように陽だまりの中にのんびりと横たわった。ボスが早速、ヒメの毛繕いをしてやっている。ヒメは気持ちよさそうに目を細めている。

「ヒメって、私の目から見ても美人ですから」

「だからボスも大変よ」

「大変って？」

富江は、春先に現れた白黒のブチ猫の話をしてやった。

「どうやらヒメを狙ってたみたい。でも、そのブチっていうのが、痩せて毛艶が悪くて鉤尻尾で、そのうえ、生まれつきなのか右耳の先が裂けててね。こう言っちゃ何だけど、ものすごく貧相な猫なのよ。ボスと喧嘩になって、結局は追っ払われたんだけど」

「その時ヒメはどうしてたんですか？」

「のんびり寝転がって見物してた」

「ふふ、ヒメらしい」


一緒に暮らし始めてひと月が過ぎた。

富江は放ったらかしにしていた畑に出るようになり、休んでいた直売所のパートも再開した。顔見知りからお悔やみの声を掛けられれば、丁寧にお礼を返した。

千佳はよく働く子で、家事や畑仕事を手伝ってくれた。ここでの暮らしが合ったのか、悪阻もずいぶん治まったようだ。

今ではもう、千佳との暮らしは日常そのものだ。朝、味噌汁《みそしる》を飲みながら「今日はいいお天気ねえ」と窓の外に目をやると「ほんとですね、お洗濯のしがいがあります」と返ってくる。夕食後、ふたりでテレビを観ながら「この芸人さん、面白いわねぇ」と笑うと「今、若い人の中で一番人気なんですよ」と教えてくれる。そんな何気ない会話に心が和んだ。

毎日、午後三時に仕事が終わると、富江は千佳の携帯に連絡を入れる。

「これから帰るね」

「今夜のおかずは茄子《なす》と豚肉の炒《いた》め物です」

「あら、おいしそう」

今では、食事の用意もすべて千佳が引き受けてくれている。時には「チキンのピカタです」と、富江には見当もつかない料理もあったが、それはそれで美味《おい》しかった。千佳は居酒屋に勤めていたせいもあってか料理が上手い。それでも「味付けはどうですか」「煮魚が苦手なんで教えてください」などと、頼ってくるところが可愛い。

ふたりの娘には、料理のひとつも教えてやれなかった。夫が死んで、朝から晩まで働き詰めだったせいもある。その分、子供らはみな独立心旺盛に育ち、進学も就職も結婚も、すべて自分たちで決めた。娘たちは出産の時ですら実家に戻らず、自分で探した地元の病院で産んだ。富江がしたことといえば、生まれたと知らせを受けて見舞いに出向いたくらいである。

娘たちにしてやれなかったことを、今、千佳にできる。それが嬉しいのだ。辰也が生きていてくれたら、と思うことはある。そうすれば今の何倍も幸せだったはずである。けれども贅沢《ぜいたく》を言ってはバチが当たる。辰也を失っても、こうして千佳とおなかの子がそばにいてくれる。その幸運に感謝するばかりだ。

娘たちに千佳を引き合わせたのは、身内だけで催した辰也の四十九日の法要の時だった。

「こちら千佳さん、辰也とお付き合いしていたお嬢さんなの」

ふたりは目を丸くして、瞬《まばた》きを繰り返した。ましてや千佳が妊娠五か月に入っていると知って、言葉もないようだった。

「千佳です。よろしくお願いします」

さすがに千佳も緊張したらしい。この家を初めて訪ねて来た時と同じように、身体を小さくして頭を下げた。

「姉の礼子です。初めまして……」

「望美です。どうも、よろしく……」

いきなり目の前におなかの大きな義理の妹が現れたのだ。娘たちの反応はもっともだろう。

娘たちはまじまじと千佳を眺めている。そんな視線にいたたまれなくなったのか、それとも座をはずした方がいいと気を利かせたのか、千佳が富江に言った。

「私、畑の水遣《みずや》りをして来ます」

「ええ、じゃあお願いするね」

千佳が部屋を出てゆくと、娘たちは大きく息を吐いた。

「驚いた。かあさんたら、びっくりさせないでよ」

「そうよ、こんな大事なこと、何でもっと早く知らせてくれなかったのよ、何度も電話で話してたのに」

「まあ、そうなんだけど、いろいろ考えて、あんたたちに知らせるのは千佳ちゃんが安定期に入って、体調が落ち着いてからの方がいいと思ったのよ」

「でも、何かまだ信じられない」

「私だってそうよ。辰也の子だなんて」

娘たちの動揺は続いている。その気持ちは富江にもよくわかる。

「千佳ちゃんに話を聞いた時、かあさんだってどんなに驚いたかしれやしない。でもね、すぐにこう思えたの。これは天からの贈り物だって。辰也の子を抱けるなんて、叶わないはずの夢が叶えられるんだもの」

娘たちは神妙な顔つきで富江の話に耳を傾けている。

「辰也も、ふたりを残して逝ってしまったのはさぞかし心残りだったはずよ。生きていれば、きちんと結婚式も挙げられたし、父親のない子にさせることもなかった……。そう思うと、千佳ちゃんと産まれてくる子供が不憫《ふびん》でね、できるだけのことをしてあげたいのよ。あんたたちだって同じでしょう？」

娘たちは顔を見合わせた。

「そりゃあ、そうだけど」

「何てったって辰也の忘れ形見なんだもの」

富江はふたりに交互に顔を向けた。

「だから、あんたたちも、これからいろいろ力になってあげてちょうだい」

その日、娘たちは困惑しながら自分たちの家に帰って行った。

花豆の種植えをしたのはそれからすぐである。

畑に堆肥《たいひ》を混ぜて土を作り、幼根の出た豆を千佳とふたり、ひとつずつ丁寧に土に埋めてゆく。初夏の風は里山の木々を揺らし、澄んだ空に白い雲がゆったりと東へ流れてゆく。

「豆はいつ頃生《な》るんですか」

千佳が首に掛けたタオルで、額に浮かぶ汗を拭った。薄着になって、おなかが出て来たのが服の上からでもわかる。

「秋の初め頃かしらね」

「あの花豆がまた食べられるなんて嬉しいです。その時はぜひ煮方を教えてください」

「もちろんよ」

「楽しみ」

千佳の天真爛漫《てんしんらんまん》な笑みを見て、富江は不意に切なくなった。去年の今頃、同じように種植えをした。あの時、辰也が死んでしまうなんて想像もしていなかった。人生は何が起こるかわからない。その何かが、こんな不幸であったことが、たまらなく心悲しい。

もう辰也はいない。二度と花豆を食べさせられない。でも、今は千佳がいる。そしておなかには子がいる。千佳が食べれば、おなかの子も食べる。それは辰也が食べてくれるのと同じではないか。

その時、千佳が言った。

「私、こんなに幸せでいいのかな」

富江は手を止めて、千佳の顔を見直した。千佳は目にいっぱいの涙を溜めていた。

「おかあさん、私、ずっとここにいてもいいですか。私、ここがすごく好きなんです。小さい頃、祖父母と一緒に暮らしていた所とよく似ていて、とても落ち着くんです」

富江は頬を緩めた。

「当たり前じゃないの、ずっといてちょうだい」

「ありがとうございます。私、もっとおかあさんの役に立てるよう頑張ります」

それは嬉しい言葉には違いなかった。けれども富江の胸の中には別の思いもあった。千佳はまだ若い。いつか結婚したいと思う相手が現れるかもしれない。そうなれば、子供を連れて出ていってしまうかもしれない。

しかし、そんなことを思った自分に首を振った。あれこれ案じるのはやめよう。先のことを考えるより、今はただ、千佳にできる限りのことをしてやりたい。それで十分ではないか。

それから十日ほどして、朝、いつものように猫に餌を出した千佳が、富江のところに飛んで来た。

「おかあさん、ちょっと来てください」

「どうしたの?」

縁側に連れられて庭に目を向けた。

「今、気づいたんですけど、ヒメおなか大きくないですか」

「えっ」

慌てて見直すと、確かにおなかが膨らんでいる。

「あら、ほんとだ。ついにボスの思いが遂げられたってわけね」

「どんな子が生まれるのかしら、ボス似かな、ヒメ似かな。待ち遠しい」

千佳ははしゃいだ声を上げた。

七月の半ばになると、花豆の蔓《つる》は支柱に張ったネットに巻き付き、葉は手のひらほどにも大きく瑞々《みずみず》しく育っていた。その葉の間に、ほっこりと紅《あか》い花が付いた。

「こんな可愛い花が咲くんですね」

千佳が葉の間を覗き込んでいる。

「そうよ、だから花豆は紅花いんげんとも呼ばれてるの」

「見ても綺麗、食べてもおいしいって、最高ですね」

もうすぐ七か月に入る千佳のおなかは、すっかり目立つようになった。夏の光を浴びて、その表情は輝いている。

娘たちがやって来たのは、ちょうどそんな頃だった。玄関先に立ったふたりの表情は硬く、出迎えた富江は戸惑った。

「ふたり揃ってどうしたの」

「ちょっと話があるの。あの子は？」

「千佳ちゃんなら、今、定期健診に行ってるけど、何の用なの？」

「それは、あの子が来てから言う」

ふたりは冷蔵庫から冷えた麦茶を取り出し、グラスに注いで茶の間に座った。いつも顔を合わせればかまびすしくお喋りを始めるふたりが、今日は眉根を寄せて口を閉ざしたままでいる。

千佳が帰って来たのは、二十分ほどしてからだ。玄関の靴を見たのか、すぐに茶の間に顔を出した。

「お久しぶりです」と、頭を下げ、テーブルのグラスに目をやって「すぐに冷たいのと入れ替えますね」と、台所に向かおうとした。

「そんなことはいいの、それより、ちょっとここに座ってくれないかしら」

礼子の言葉に、千佳は戸惑うように、娘ふたりの向かい側に腰を下ろした。

「あなた、どういうつもりなの？」

礼子の口調は険しかった。千佳は頰を引き締めた。

「何のことでしょうか」

「そのおなかの子だけど、本当に辰也の子なの？」

言ったのは望美だ。

富江は呆気《あっけ》に取られて話に割って入った。

「あんたたち、いったい何を言い出すの」

「かあさんは黙ってて」

富江を遮って、礼子は千佳を見やった。

「失礼だけど、あなたのこと、いろいろ調べさせてもらったわ。働いていた居酒屋に行って、ご主人にも話を聞いてきた。確かに辰也はその店の常連だったらしいけど、お客さんと店員以上のことがあるとは思えないって言ってた」

千佳は黙っている。膝に置いた手が小さく震えている。礼子の言葉を引き継ぐように、望美が続けた。

「それに、あなた、ずっと男と同棲《どうせい》していたんですってね。その相手が、春先に出て行ったっていうじゃない。あまりにタイミングが良すぎない？　正直に話してちょうだい。おなかの子の父親はその人なんじゃないの？　嘘《うそ》を言ったって無駄よ、生まれた子をDNA鑑定すればすぐにわかることなんだから」

礼子と望美が何を言っているのか、富江はうまく理解できなかった。ただ、胃の裏側がぎゅっと絞りあげられたように苦しい。

「どうなの、何か言うことはないの？」

しばらく俯《うつむ》いたまま口を閉ざしていた千佳だったが、やがて畳に手をついた。

「申し訳ありませんでした」

俄《にわ》かには信じられず、富江は千佳を見つめた。

「つまり認めるのね、おなかの子は辰也の子じゃないって」

「はい」

富江の顔から血の気が引いてゆく。千佳は富江に向き直り、畳に額をこすり付けた。

「おかあさん、すみませんでした」

「千佳ちゃん……」

富江はただ呆然《ぼうぜん》とするばかりだ。

「今となっては言い訳でしかありませんが、最初はそんなつもりで来たんじゃないんです。辰也さんにはよくしていただきました。私みたいな者の話も真剣に聞いてくれて、いろいろ相談にも乗ってくれました。だからせめてお線香を上げさせてもらいたかったんです。おかあさんが勘違いされた時、ふと、辰也さんのような人がこの子の父親だったらどんなに幸せだろうって思いました。それで、つい、嘘をついてしまったんです」

礼子の尖《とが》った声が飛んだ。

「嘘？　そんな単純なものじゃないでしょう。辰也の遺《のこ》した保険金や退職金を狙って計画したんじゃないの」

「違います。そんなんじゃ」

千佳が首を振る。しかし容赦なく、望美が言葉を投げ付けた。

「どんなに否定しようと、そう思われても仕方ないことをあなたはしたのよ。辰也が死んで落ち込んでいる母のことを利用して、家に入り込もうとするなんて、詐欺と同じじゃない。まったく信じられない。このまま警察に引き渡したっていいのよ」

千佳はうな垂れるばかりだ。

「とにかく、あなたはうちとは縁もゆかりもない人間なんだから、すぐに出て行ってもらいます」

「はい……」

千佳は深々と頭を下げると、茶の間を出て、二階へと上がって行った。

礼子と望美が重たい息を吐いている。

「最初から何か変だって思ってたのよ。あまりにも話ができ過ぎなんだもの。かあさんはショックだろうけど、とにかく本当のことがわかってよかった」

「私も話を聞いた時、半信半疑だったのよね。こう言っちゃなんだけど、あの子、ぜんぜん辰也のタイプじゃないもの。辰也、ああ見えて結構女の子の好みはうるさかったから。まったく、あんなおとなしそうな顔して、よくまああこんなあくどいことがやれるもんだわ」

しかし、娘たちの言葉は、富江の耳には届かなかった。頭の中があわあわして、何も考えられない。

しばらくして、千佳が二階から降りて来た。この家にやって来た時と同じボストンバッグを下げ、茶の間の前の廊下に膝をつくと、もう一度、深く頭を下げた。

「おかあさん、嘘をついてすみませんでした。親切にしていただいたのに、おかあさんを傷つけるようなことをして、本当に申し訳ありませんでした……。いろいろお世話になりました。ありがとうございました」

掛ける言葉など何ひとつなかった。裏切られたという深い落胆が、富江を縛り付けていた。

花豆の紅い花が風に吹かれて散る中、千佳はひっそり出て行った。

季節は移ろっていった。

富江は一日の大半を、再び仏壇の前で過ごすようになっていた。畑に出る気にもなれず、草はぼうぼうのままで、パートもずっと休んでいた。花豆の莢《さや》は茶色く膨らみ、すでに収穫の時期を迎えている。しかし、それも放りだしたままだ。

庭先で猫の声がして、富江は我に返った。

「ああ、そうだったね」

台所に行き、餌を皿に入れる。縁側の戸を開けると、いつものようにボスとヒメが待っている。

「ほら、お食べ」

皿を置いたが、いつもすぐに食べ始めるヒメがやけに落ち着かない。何やら草叢《くさむら》の方ばかり気にしている。何か動物でもいるのかと目をやると、草がざわざわ揺れ、小さな生き物が飛び出して来た。三匹の子猫だ。

「えっ……」

富江は目をしばたたいた。ヒメがいつ子を産んだのかも知らなかった。しかし、驚いたのはそれではなかった。

子猫たちの姿だ。それぞれ模様は違っているが白黒のブチで、鉤尻尾、そして三匹とも右耳の先がふたつに割れていた。ボスとは似ても似つかないその姿に見覚えがあった。ヒメを狙ってうろついていた、あの貧相なブチ猫そっくりではないか。ヒメはボスではなく、あの猫を選んだのか。

更に驚いたのは、その駆け寄って来た三匹の子猫を、ボスが愛《いと》しそうに毛繕いし始めたことだ。子猫たちも安心しきってボスにまとわりついている。ヒメはそれを確認すると、ゆうゆうと餌を食べ始めた。

その姿を眺めているうちに、あの日から胸にくすぶり続けていたわだかまりが、ゆるゆるとほどけてゆくのが感じられた。温《ぬく》もりが身体の奥から湧いて、やがて全身を満たしていった。

富江はポケットから携帯電話を取り出すと、どうしても消すことができなかった番号を押した。コールが二回鳴って、千佳の声があった。

「はい」

「千佳ちゃん？」

「おかあさん……」

「元気で暮らしてるの？」

「はい」

「今、どこ？」

「友達の家に厄介になってます」

「そろそろよね」

「はい……来月です。おかあさん、すみませんでした、本当にすみませんでした」

千佳はか細い声で謝り続けた。

「もう謝らないで。それよりね、そろそろ花豆の収穫をしなくちゃいけないのよ。でもひとりでやるとなると大変なの、千佳ちゃんに手伝ってもらえると助かるんだけど」

「え……」

言ったきり、しばらく返事はなかった。

「だから、よかったらここに戻って来てくれないかな」

「おかあさん……」

「花豆の煮方も教えてあげるって約束したでしょう」

返事の代わりに、千佳のすすり泣く声が耳に届く。

「だから、ね、戻って来て」

「……はい、ありがとうございます」

電話を切って、庭に目を向けた。陽だまりの中、じゃれあう猫たちの無垢《むく》な姿から、富江はいつまでも目が離せなかった。

祭りの夜に

プラットホームに下りたとたん、ひんやりと湿った風に包まれて、鞠子《まりこ》は大きく息を吸い込んだ。空気の粒子が細かく、まるで水のようにしっとりと胸の中を潤わせてゆく。

八月最後の金曜日。午後一時。東京はうだるような暑さというのに、長野と塩尻《しおじり》を結ぶ篠ノ井線《しののいせん》の中間にあるこの地は、標高が高いせいもあって涼やかさに満ちている。

改札口を出ると、懐かしい顔が待っていた。

「おじいちゃん」

「おう、よう来たな」

母方の祖父、嘉男《よしお》が目を細めて手を挙げた。

「久しぶり。元気そうでよかった」

「おうおう、元気だぞ」

祖父は今年八十一歳になる。ベージュ色のシャツと灰色の作業ズボン、腰にぶら下げたタオル。顔は日に灼《や》け、頭はすっかり禿《は》げている。

元気とは言っても、やはり前に来た時より——あれは二十歳《はたち》になったばかりの頃だから、もう五年前になる——祖父は年を取り、身体も一回り小さくなっていた。

「鞠子はべっぴんになったな」

「あはは、お世辞でも嬉しい」

子供の頃は、それこそ毎年のように家族四人揃って遊びに来ていた。弟と一緒に山を走り、川で泳ぎ、虫を捕まえ、夕方まで遊び呆けて、夜は星を仰ぎながら気を失ったように眠った。けれども思春期に入った頃から、足を運ぶ機会は減っていった。

駅前の駐車場に停めてあった軽トラックに乗り込んだ。ぶるんと唸《うな》り声をあげて、エンジンがかかる。

「おばあちゃんの具合はどう？」

「まああってとこだ」

「そう……」

少し前に届いた母からのメールで、祖母、千代《ちよ》の認知症がずいぶん進んでしまったことを知らされた。けれども祖父にはそれ以上どう聞けばいいかわからず、鞠子は沈黙を埋めるかのように窓の外に目を向けた。

軽トラは曲がりくねる山沿いの道を走ってゆく。両脇には青々と葉を茂らせた雑木林が続き、そこからヒグラシの哀《かな》し気な声が響いている。

祖父母の家はこの道を四十分ほど走った山間《やまあい》にある、人口五百人ほどの小さな村だ。

養蚕が盛んだった土地で、かつては祖父母も二階で育てていた。

蚕を初めて見た時、弟は気持ち悪がって近づこうともしなかったが、鞠子はそのころんと真っ白な姿を可愛らしく思った。糸を吐き出しながら徐々に繭《まゆ》になってゆく姿を飽きもせず眺めたものだ。

しかしそれはもうずっと前の話で、ふたりは今、年金と五畝《うね》ほどの畑を耕しながら暮らしている。

「いつまでいられるんだ」

「日曜日のお昼過ぎには帰る予定」

「明日は祭りだぞ」

「あ、そうか」

毎年八月最後の土曜日、村の神社で祭りが行われる。祀《まつ》られているのは猫だ。この村では、蚕の卵や幼虫、繭玉を食べるネズミを駆除してくれる猫を猫神様と呼び、古くから崇《あが》めてきた。

祭りの夜、村人たちは里山の麓《ふもと》にある猫神社に集い、遅くまで踊りに興じる。初めて行った時は驚いた。誰もが猫の面をつけていたからだ。焚火《たきび》の明りを受けて、猫の面をつけた人々が揺れるように踊る姿は、子供心にも幻想的に映った。

「今も、みんなお面をつけてるの？」

「ああ」

「その間は、喋っちゃいけないんだったよね」

「お面をつけている間、人間は猫になる。猫は人間の言葉は喋らんからな。昔も今もおんなじだ」

山道を抜けて村に入ったとたん、あちこちに猫の姿が見られた。祖父が軽トラのスピードを落とす。猫がいつどこから飛び出して来るかわからないからだ。農家の軒先でうたた寝する猫、塀の上で毛繕いをする猫、草叢でじゃれ合う猫。猫たちは自由気儘《じゆうきまま》に生きている。

そのほとんどは野良猫だが、ここでは飼い猫との区別はない。村人はみな猫を大切に扱っていて、いわば村自体が猫たちの飼い主のようなものだった。祖父母の家にもしょっちゅう猫がやって来て、時には座敷まで上がって来たりしたが、決して追い出したりはしなかった。わざわざ飼う必要がないのが猫。ここでは猫はそういう生き物だった。

家の納屋前に軽トラを停めたところで、祖父がぽつりと言った。

「さっきはあんなふうに言ったがな」

言葉に翳《かげ》りがあって、鞠子は顔を向けた。

「千代のことだが、実を言うとあんまりいいとは言えんのだ。たぶん、鞠子のこともわからんと思う」

鞠子は目をしばたたいた。

「最近のことはみんな忘れて、心はすっかり娘時代に戻ってしまった。千代は今、その中で生きている」

「おじいちゃんのことは？」

「ワシはあいつの父ちゃんになってしまったよ。だから、とんちんかんなことを言うかもしれんが、まあ適当に合わせてやっておいてくれ」

どう答えていいのか、言葉が見つからなかった。

玄関に入り、鞠子は土間から部屋へと顔を覗かせた。前に来た時と何も変わっていない。真ん中に大きな囲炉裏《いろり》があり、絣模様《かすりもよう》の座布団が二枚敷いてある。茶簞笥とその中に並ぶ三体のコケシ。壁に貼られた信用金庫のカレンダー、柱にはゼンマイ時計が掛けられている。まるで時が止まったかのようだ。

縁側に座る祖母の姿が見えた。小花柄の半袖ブラウスと紺色のズボン。丸めた背中がすっかり小さくなっていて、胸が締め付けられた。

鞠子は靴を脱いで部屋に上がり、祖母の背後に立った。縁先には、祖母を囲むように数匹の猫が集まっていた。

「おばあちゃん、来たよ。鞠子だよ」

声を掛けたが返事はない。

「おばあちゃん」

もう一度言うと、祖母はゆっくり振り返り、しばらく不思議そうに鞠子を見つめていたが、やがて「ああ、さっちゃん」と、相好を崩した。

やはり祖母は鞠子がわからなかった。祖父から聞いてはいたが、きっと顔を見ればわかるはず、と心のどこかで期待していた。初孫だった鞠子を、祖母はことさら可愛がってくれた。

鞠子は戸惑いながら、祖母の隣に腰を下ろした。祖母を囲んでいた猫たちが、怪訝《けげん》そうに鞠子を一瞥《いちべつ》したが逃げる様子はない。

「よう、来てくれたね」

「ごめんね、なかなか来られなくて」

「いやだ、昨日も会ったじゃない」

「え、ああ、そうだっけ」

「明日の猫神様のお祭り、さっちゃんも行くでしょ？」

さっちゃんって誰だろう。祖母の友達だろうか。

「うん、行くよ」

「この間ね、お父ちゃんに新しい浴衣《ゆかた》を作ってもらったの」

「そうなんだ」

「お父ちゃん、わざわざ町まで行って買って来てくれたのよ。いつもの行商のおばさんが持って来る反物とは大違い。朝顔模様のとってもきれいな浴衣なの」

笑うと、目尻から頬にくしゃくしゃと何本もの皺《しわ》が走る。老いは隠しようもない。それでも、その表情は娘のような無邪気さに満ちていた。

祖父が盆に載せた西瓜《すいか》を持って来た。八つ切りになった西瓜は見るからに瑞々しく、緑と赤のコントラストが鮮やかだ。

「今、井戸から上げたばかりだから、よう冷えとるぞ」

「お父ちゃん、さっちゃんが来てくれたよ」

「ああ、よかったな。ふたりで食べな」

「ねえ、今夜さっちゃん、ここに泊まってもいい？」

「おお、いいぞ」

「よかったね、さっちゃん」

祖母が鞠子に笑顔を向ける。鞠子は「うん」と頷く。

祖母は西瓜をほんの少し頬張っただけで盆に戻した。すっかり食も細くなったようだ。けれどもその表情は明るく、さも楽しそうに話し続けた。のぶちゃんがね、ゆきちゃんがね、今度町まで出て映画を観に行こう、帰りにはあんみつ屋に寄ろう。鞠子の知らない、娘時代の祖母がそこにいた。

しかし、ふいに宙を見つめたかと思うと祖母は急に黙り込み、まるで魂が身体の奥深くに潜り込んでゆくように、自分だけの世界に入って行った。

「おばあちゃん……」

声を掛けても、もう祖母の耳には届かない。

その夜、祖父とふたりで夕食を作った。

そうめんを茹《ゆ》でて、南瓜《かぼちゃ》といんげんとしめじを天ぷらにして、イワナの塩焼きと茄子の煮びたし、あとはきゅうりの漬物だ。野菜はすべて裏の畑で採れたものだ。祖父の手際はいい。聞けば、もう三年も前から、料理ばかりか掃除や洗濯といった家事もすべて祖父がこなしているという。

箸や小皿、そうめんつゆ用のガラス器を用意しながら、鞠子はようやく詳しい事情を聞くことができた。

「最初は物忘れがあったり、なかなか言葉が出て来ない程度で、年も年だし、そんなもんだろうと気にしなかったんだ。それが新聞もテレビも観なくなって、料理の味付けが変になって、畑に出ても何をしていいのかわからんようになった。家にいてもぼんやりするばかりで、声を掛けても気づかない。それで市民病院に連れて行ったら、先生から脳が萎縮していると聞かされた」

「お母さんから少し話は聞いてたんだけど、まさかこんなことになってるなんて知らなかった。ごめんね」

「謝るこたぁない。却《かえ》って、びっくりさせて悪かったな」

「入院しなくていいの？」

「一時、入院した時もあったんだが、千代が家に帰りたいってむずかってな。やっぱり自分の家で暮らした方が気持ちも落ち着くだろうってことで退院させた。もう治らないのは覚悟しとる。痛いとか苦しいとかがないから、これでいいと思っとる」

五年前に来た時、祖母は腕を振るって料理を作ってくれた。大好きだった祖母の作る甘い卵焼きはもう食べられない。

「でも、おじいちゃん、畑もあるし、家のこともして、それでおばあちゃんの面倒も見なくちゃならないなんて、大変なんじゃない？」

「今は週に二回、訪問看護が来てくれるし、近所の人もよくしてくれる。ヘルパーさんやデイサービスも利用して、まあ、何とかなっとる。鞠子の母さんもちょくちょく顔を出してくれるから、心配するな」

母はここから二時間ほど離れた地方都市で父と暮らしている。鞠子には言わないが、遠く離れて暮らす両親の老いは気掛りでならないだろう。

「いつかは病院か施設に預けることになるだろうが、その時まで、ここで一緒に暮らすつもりだ」

　祖父は鞠子を気遣うように笑った。

　夕食を済ませ、後片付けを終えてからお風呂に入り、九時過ぎには客間に入った。まだとても眠れそうにない。ガラス戸から差し込む月明りに誘われるように、鞠子は縁側の戸を開けた。蚊取り線香に火をつけると、青い煙が真っすぐ昇ってゆく。しんしんと深まってゆく夜の声が聞こえそうなくらい静かだ。

　祖父母の暮らしを推し量りながらも、その時、鞠子の頭に浮かんだのは昌也《まさや》だった。「ごめん」と、昌也はうな垂れた。五日前のことだ。けれども、どんなに謝られても鞠子は許せなかった。ふたりで計画していた伊豆《いず》旅行をすぐにキャンセルし、ひとりで祖父母の家に行くことに決めたのだ。

　食品メーカーに就職して三年がたつ。マーケティング部に配属され、主に市場調査のデータ集計をしている。まだわからないことは多いが、人と接する仕事は楽しいし、やりがいも感じている。

　昌也とは新人研修の時に知り合った。その時は鞠子にも昌也にも大学時代から付き合っている恋人がいて、単なる同僚でしかなかった。それが一年ほどして、新製品についての打ち合わせでよく顔を合わせるようになってから、徐々に距離が縮まっていった。

鞠子は何事につけても直感的に反応するようなせっかちさがある。対照的に、昌也はおっとりしていて、返す言葉ひとつも慎重に選ぶ。最初はもどかしさを感じたが、それが彼の誠実さの表れとわかるまでにそう時間はかからなかった。

昌也に惹かれている自分に気づいて、鞠子は恋人と別れた。昌也がどう思っているかはわからなかったが、恋人や自分に嘘をつくような真似《まね》はしたくなかった。それが自分なりの筋の通し方だと思った。恋人もどことなく感じていたのかもしれない。すんなりとはいかなかったにしろ、最後は受け入れてくれた。恋人は鞠子の性格をよく知っていた。別れたと昌也に告げると、彼は目を見開いた。「それでいいのか」と、戸惑っているようでもあった。

「それが私の気持ちだから」

昌也が恋人と別れたのは、その三か月後である。

そして、付き合い始めてからそろそろ一年が経とうとしている。時には喧嘩もするが、どんな時も昌也は決して面倒がったりせず、鞠子の言葉に耳を傾けてくれる。それは仕事でもプライベートでも同じで、つい前のめりになりがちな鞠子を、いつも絶妙な加減で諭してくれる。いつしか、鞠子にとって昌也は人生を分かち合えるかけがえのない存在になっていた。

だからこそ、許せなかったのだ。

謝る昌也に鞠子は言った。

「何を謝っているのかわかってる？」

「だから、元の彼女に会って悪かったよ」

そうなのだ。昌也は別れた彼女と会っていた。しかし、その返答は鞠子の怒りをますます増幅させた。

「昌也は何もわかってない。私が怒っているのは元の彼女と会ったからじゃない、友達と飲むって、嘘をついたからよ。会うなら会うって、どうして言ってくれなかったの？　私がそんなことで怒る心が狭い女だって思ったの？」

「そうじゃない、言ったら鞠子が傷つくと思ったんだ」

「私のためだって言うの？　思いやりにすり替えるなんて狡《ずる》いよ。やましい気持ちがあったから嘘をついたんでしょ？」

「ちゃんと説明する」

昌也は言ったが、鞠子は首を横に振った。

「今は無理。何を聞いても言い訳にしか聞こえない」

月がゆっくりと傾いてゆく。鞠子は夜空を見上げた。縁側に差し込む明りが、部屋の中に鞠子の影を浮かび上がらせる。草叢で虫が鳴き、共振するように、さわさわと木々の揺れる音がする。

「さっちゃん、起きてる?」

襖の向こうからひっそりと声があって、鞠子は振り返った。

「うん、起きてるよ」

祖母が顔を覗かせた。

「どうしたの?」

「明日のことを考えると、何だか眠れなくて」

祖母が鞠子の隣に座ると、日向《ひなた》の名残のような匂いがした。

「明日って、猫神様のお祭りのこと?」

聞き返す鞠子に、祖母は小さく頷いた。年に一度の祭りは、きっと祖母にとっても大切な行事なのだろう。

「さっちゃんにだけ話すけど」

ふいに祖母の目が、真剣さを帯びた。

「誰にも言わないって約束して。お父ちゃんにも絶対に」

「うん、わかった。誰にも言わない」

そして、祖母は意外な言葉を口にした。

「明日、信太郎《しんたろう》さんと会う約束をしているの」

鞠子は戸惑った。信太郎とは誰だろう。少なくとも祖父の名ではない。

「信太郎さんって?」

「やだ、郵便局の隣の家の信太郎さんよ」

「ああ……」

鞠子は曖昧に頷く。

「信太郎さん、東京の大学に行くことになったでしょう。それから毎日、神社に通って猫神様にお願いしたの。また会えますようにって。きっといつか帰って来てくれますようにって。そしたらね、出発する日、手紙が届いたの。猫祭りの日には必ず帰って来るから、猫神社の裏の欅《けやき》の木の下で会おうって」

鞠子は改めて祖母を見た。月明りの中、祖母の頬が上気しているのがわかる。

しばらく間を置いて、鞠子は尋ねた。

「おばあ……千代ちゃん、信太郎さんのことが好きだったんだ」

祖母が両手で頬を包み込む。

「やだ、さっちゃん、そんなこと言わないで」

「ごめんごめん、だって知らなかったんだもの。いつから好きだったの?」

「いつからなんてわからない。小さい頃、信太郎さんがきれいな蝶々《ちょうちょう》を捕まえてくれた時かもしれない、学校帰りにふたりで夕陽《ゆうひ》を見た時だったかもしれない。でも、諦めてたの。信太郎さんが東京に行ってしまえば、もう手の届かない人になってしまうって。

だから、手紙を貰った時は嬉しくて嬉しくて飛び上がりそうだった。その日から、明日の猫神様のお祭りが待ち遠しくてならなくて」

祖母にもそんな時代があったのだ。誰かに激しく恋焦がれる時が。老いが容赦なく訪れ、こうして認知症を患っても、心の奥底に残る記憶の中には、恋しい人が今も生き続けている。

しかし、来るはずがないのはわかっている。もう六十年も前の話ではないか。

もしかしたら祖母自身、明日になれば忘れているかもしれない。できればそうであって欲しいと、月明りに照らされる祖母の横顔を見ながら、鞠子は切なく祈った。

翌日、祖母は昨夜の饒舌《じょうぜつ》さとは打って変わって、ぼんやり庭を見つめていた。その目は虚《うつ》ろで焦点が合っていない。

ここに鞠子がいることも、それがさっちゃんだったとしても、目に入らないようだった。祖母があまりに静かなので、不安になって声を掛けると、我に返ったように振り向き、無垢な笑みを向けた。

祖母がそわそわし始めたのは、夕方になって祭りのお囃子《はやし》が流れて来た頃である。夕食を終えると、すぐに奥の部屋へと入って行った。鞠子は声を掛けた。

「千代ちゃん、入っていい？」

「うん、いいよ」

祖母は古い和箪笥から浴衣を取り出していた。

「それがお父ちゃんに買ってもらった浴衣？」

年代物だと一目でわかる。

「そうなの。似合うかな？」

「とっても。すごくきれい」

祖母が嬉しそうに首をすくめている。祖母は手際よく浴衣を着て、帯を結んだ。実際、娘向きの赤い朝顔模様だというのに、不思議なくらいよく似合っていた。

「さっちゃん、お祭りに一緒に行けなくてごめんね」

祖母はやはり、信太郎という人に会いに行くらしい。

「いいのよ、そんなの気にしないで」

それから、祖母は猫のお面を取り出した。

「さっちゃん、お面は持って来た？」

「ううん」

「じゃあ、うちにあるのを貸してあげる」

和紙と糊《のり》で形作られ、赤と黒の絵具で顔を描かれたお面を、鞠子は祖母から手渡された。それは子供の頃、鞠子たち家族のために祖父母が手作りしてくれたものだった。

面を手にしたまま、鞠子は戸惑う。どうしたら祖母を引き止められるだろう。けれども、その輝く目を見ると、何も言えない。

祖母が玄関で下駄《げた》を履く。鞠子を振り向こうともせず、家を出てゆく。もう信太郎のことしか頭にないようだ。そんな祖母を待っていたかのように、どこからともなく猫たちが現れ、祖母を囲むように付いてゆく。

鞠子は納屋で農機具の手入れをしている祖父のもとに走った。

「おじいちゃん」

「おう、どうした」

「おばあちゃんがひとりで猫祭りに行ったんだけど、どうしよう」

信太郎の名前は出さなかった。それは祖母との約束だ。

「だったら行かしてやってくれ」

「でも、夜だし暗いし、大丈夫かな」

「子供の頃から慣れた道だ。迷うことはないだろう。近所の人ともみんな顔見知りだし」

そうは言っても年齢がある。何より認知症を患っている。

「じゃあ、私も行ってくる。追い掛ければすぐだから」

「そうか、そうしてくれるならワシも安心だ」

鞠子は猫の面を被《かぶ》って祖母の後を追った。家の前から里山へと続く道を走ると、すぐにたどたどしく歩く祖母の背中が見えた。祖母を守るように猫たちが周りを囲んでいる。一定の距離を保って、鞠子は祖母の後ろを付いて行った。もう陽はとっぷりと暮れ、森のシルエットが夜空と溶け合うように滲んでいる。ふいに路地から猫のお面を被った大人や子供が現れて、驚いてしまう。言い伝え通り、誰も口をきいてはいない。子供の頃、祖父母に手を引かれ、喋りたくてたまらないのを我慢しながら、鞠子もこの道を歩いたことを思い出す。

　里山の麓に小さな川が流れている。橋を渡ったところに鳥居が立ち、そこから五十段ほどの石段が続いた先に境内がある。さすがに祖母も辛かったのだろう、手摺りを頼りに一歩一歩ゆっくり足を進めて行く。それでも石段を登り切ると、頼りなげだった足取りは確かなものになった。

　古く小さな拝殿は、子供の頃の記憶のままだった。境内では火が焚かれ、すでに二十人ほどが踊っていた。その輪に次から次と人が加わってゆく。みな猫のお面をつけているので、誰が誰だかわからない。炎の明りに照らされて、影と光を交互に纏《まと》いながら踊る姿は、妖しさと艶《なま》めかしさを漂わせている。

　祖母は踊りの輪には加わらず、拝殿を回り込むようにして裏の森へと向かって行った。気づかれぬよう、鞠子はその背を追いかけた。

　やがて、ひときわ大きな欅が見えて来た。高さは二十メートル以上あるだろう。枝を大きく広げた姿は威厳さえ感じられる。祖母はその欅の下に佇《たたず》むと、小さな手を胸の前で祈るように握りしめた。

鞠子は少し離れた木陰から祖母を見つめた。お面を被っているので表情はわからない。それでも心躍らせている様子が伝わって来る。

どうしよう。

鞠子はため息をつく。信太郎が来るはずはない。このまま待たせておいてもいいものか。五分が過ぎた。鞠子は遣《や》り切れない思いに包まれてゆく。祖母はどれだけ待てば諦めるだろう。認知症のせいとはいえ、恋する人が来ないとわかった時、どんなに傷つくだろう。祖母にそんな思いはさせたくない。

更に五分ほどが過ぎて、痺《しび》れを切らしたのは鞠子の方だった。もう連れて帰ろう、と足を進めた時、森の奥からひとつの影が現れた。

「え……」

鞠子は息を呑《の》んだ。その人もやはりお面を被っている。姿を認めて、祖母は全身から喜びを溢れさせた。

ふたりは向かい合った。言葉はないまま、ただ見つめ合っている。

木々が夜風に揺れている。祭り囃子が森の中を流れてゆく。月の光がふたりを包み込むように柔らかく降り注いでいる。かすかに聞こえるのは、猫の息遣いだろうか。

さほど長い時間ではなかった。やがて男は静かに背を向けると、森の奥へと消えて行った。

その姿が見えなくなっても、祖母はしばらく立ち尽くしていた。そのうち草叢から猫たちが現れ、祖母の足元に集まって来た。まるで帰りを促しているようだ。ようやく祖母は踵《きびす》を返した。


やはり疲れたのだろう。家に帰ると、祖母は気が抜けたように縁側に座り込んだ。

「千代、布団を敷いたからもう横になるといい」

祖父の言葉に素直に頷き、祖父の手を借りて寝室へと入って行く。

縁側に座っていると、じきに祖父が戻って来た。手には一升瓶と湯呑茶碗《ゆのみぢゃわん》ふたつが提げられている。

「鞠子は呑めるんだったか」

「呑めるよ、もう二十五だもの」

「そうか、もうそんな年になったのか」

祖父は鞠子の茶碗に日本酒を注いだ。口に含むと少し酸味の利いた豊かな味わいが広がった。

「あ、おいしい」

「だろう」

祖父が嬉しそうに目を細める。

「悪かったな、千代のお守をさせて」

「私もお祭り見物をしたかったから、ちょうどよかった」

「久しぶりの祭りはどうだった」

「子供の頃に見たのと一緒だった。今も、みんながお面を被っているんだね。誰も口をきかないのも同じだった」

「こればかりは言い伝えを守らんとな」

祖父が自分の茶碗に日本酒を注ぎ足す。一口呑んで、小さく息を吐き、それからしばらく沈黙した。

次に口を開いた時、祖父が何を言おうとしているか、鞠子は察しがついていた。

「もう、わかってるんだろう?」

鞠子はいったん祖父を見つめ、それから手元に視線を落とした。

「うん」

「やっぱりな」

「あれはおじいちゃんだよね」

「そうだ」

「でも、どうして」

鞠子の問いに、祖父は遠い目をした。

「こうなったのは、みんなワシのせいだからだ」

「おじいちゃんのせい？」

「ああ」

祖父は慎重に言葉を選びながら話し始めた。

「三年前の猫祭りの夜だった。家に籠りがちの千代の気分転換になればと一緒に出掛けたんだ。気が付いたら、千代がいなくなっていた。あちこち捜し回って、ようやく拝殿の裏の欅の下に立っているのを見つけた。最初は何でまたそんな所にと思ったさ。声を掛けようとして、はっとした。まさか、信太郎を待ってるんじゃないだろうなって」

鞠子は瞬きした。

「おじいちゃん、信太郎さんのこと、知ってるの」

祖父が頷く。

「ああ、信太郎はワシらの幼馴染みだ。小さい頃から男前で頭もよくて、ワシとは大違いだった。千代が信太郎を好きなのは子供の時から知っていた。いつも信太郎ばかり見ていたからな。信太郎が東京の大学に進学することになって、千代があんまりしょげた顔をしているもんだから、ワシはついからかってやりたくなった。それで『猫神様の祭りの夜、欅の下で会おう』と嘘の手紙を書いたんだ」

そこで息を継ぐように、祖父は酒を口にした。

「その時は、ただの悪ふざけだった。祭りの夜、欅の下で待っている千代を冷やかしてやるつもりだったんだ。けれど実際に千代の姿を見た時、いたたまれなくなった。千代がどんなに信太郎が好きだったか思い知らされたよ。後悔したさ。どうしてあんな嘘をついてしまったのかって、何度もな」

「私には何となくわかる」

祖父と目が合う。

「おじいちゃん、その時はもうおばあちゃんのことが好きだったんだ」

鞠子の言葉に、祖父もまた青年に戻ったように純朴な笑みを浮かべた。

「ああ、子供の時から嫁にするのは千代と決めてた。その千代が信太郎を好きで、それで無性に腹が立ったっていうのは確かにあった」

今度は鞠子が、祖父の茶碗に日本酒を注ぐ。

「何年かたって、間に立ってくれる人がいて、千代が嫁に来てくれることになった時はどんなに嬉しかったか。思いが遂げられるとは思ってなかったからな。千代は気が利いて働き者で、家のことも畑のことも子育ても、嫁姑《よめしゅうとめ》もいろいろあったろうが、愚痴ひとつこぼさずやってくれた。一緒になってから、千代が信太郎の名を口にしたことなんて一度もないし、あんな昔のこと、ワシもすっかり忘れていた」

祖父が空を見上げる。墨色の夜空に、村を囲む里山の稜線《りょうせん》が浮かび上がっている。

「でも、千代は忘れていなかった。病気になってワシのことは忘れても、信太郎のことは忘れなかった。三年前の猫祭りの夜、欅の下に立っている千代を見た時、どんなに驚いたかしれやしない。その時、ワシにできることは信太郎になることだった。もう千代に、あの時と同じ悲しさを味わわせてはいけないと思ったんだ」

鞠子は言葉が出ない。

「千代は面を被ったワシを、少しも疑わず信太郎と信じた。ただ、じっと千代と向かい合っていただけだったが、それだけで千代がどんなに喜んでいるのか伝わって来た。去年も同じだ。そして今年もだ。もう時間は限られている。千代が生きている限り、猫祭りの夜にワシは信太郎になる。それがワシのせめてもの罪滅ぼしなんだ」

祖父の睫毛《まつげ》がわずかに震えたかと思うと、涙が目尻を濡らしていった。

「そんなことで、千代がワシの嘘を許してくれるとは思えんがな」

鞠子は首を振る。胸が切なさでいっぱいになった。

「そんなことない。許してくれる、絶対に許してくれる。おばあちゃん、おじいちゃんのこと大好きだもの。たとえおばあちゃんが忘れてしまっていても、私にはわかる。ずっとずっとふたりを見て来たんだもの」

「そうか、ありがとな」

鞠子と祖父の間をすり抜けてゆく風には、ほのかに秋の匂いがした。

翌日、鞠子は祖父の運転する軽トラックで駅に向かった。玄関先で祖母が「また来てね」と見送ってくれたが、それが鞠子になのかさっちゃんになのかはわからない。どちらでもいい。鞠子は「また来るよ」と、大きく手を振り返した。

「おじいちゃん、ちょっと猫神様にお参りして行ってもいい？」

「ああ、いいぞ」

小川の前で車を停めた。祖父に待ってもらい、鞠子は小走りに橋を渡り、石段を駆け上った。境内には誰もいない。昨夜の祭りがまるで幻のようだ。

鞠子は拝殿の前に立って、手を合わせた。

――猫神様、お願いです。

胸の中で呟く。

――どうぞどうぞ、おじいちゃんの思いがおばあちゃんに伝わりますように。どうぞどうぞ、ふたりが長生きして、幸せに暮らせますように。

駅で祖父と別れて電車に乗った。

シートに身を預けながら、鞠子は昌也のことを考えていた。

あの時、昌也のついた嘘がどうしても許せなかった。でも、今は思う。話を聞くだけのことがどうしてできなかったのだろう。嘘をつかれた方だけが傷つくわけじゃない。嘘をつく方も時に傷つく。そう、祖父のように。

ふたりで旅行するはずだった週末を、昌也はどんなふうに過ごしたのだろう。彼のことだ。きっとどこにも出掛けず、部屋でひとり考え込んでいたに違いない。

鞠子はバッグから携帯電話を取り出し、メールを開いた。

『夕方、東京駅に到着するんだけど、会える？』

そこまで書いて、いったん息を吐いた。

『昌也、ごめん。私、自分のことしか考えていなかった。何があったのか話を聞きたい、聞かせて欲しい』

すぐに返信が来た。

『何時に着く？　迎えに行くよ』

窓の向こうに視線を向けると、木々の枝先が太陽の光を浴び、白く輝いている。

鞠子は眩しさに目を細めながら、来年の猫祭りには昌也と一緒に行こう、そして祖父と祖母に紹介しよう、と決めていた。

最期の伝言

美佑《みゆ》がショウウィンドウに顔をくっつけて、目を輝かせている。

中には子猫が展示されている。無防備にお腹《なか》を見せて眠っている子、おもちゃに夢中になって遊ぶ子、美佑にじゃれつこうとガラス窓をさかんに引っ搔く子、その愛らしい姿に美佑は釘付《くぎづ》けだ。

商店街のはずれにペットショップが開店してから、保育園の帰り、こうして立ち寄るのが日課になっていた。

美佑は猫が大好きだ。スニーカーは猫の絵柄がプリントされているものだし、手提げ袋のアップリケは美佑のリクエストで猫を縫い付けてある。いちばんのお気に入りは猫の耳が付いた帽子で、それを被らないと外には出ない。そんなに猫が好きなら飼ってやりたいのだが、できない理由がある。

美佑には猫アレルギーがあった。知ったのは三歳になった頃だ。公園で遊んでいる時、どこからか現れた子猫に触ったとたん、くしゃみが止まらなくなったのだ。やがて眼を搔きだし、皮膚には蕁麻疹《じんましん》のような赤い発疹《ほっしん》が現れた。

ごめんね、美佑。

あの時、亜哉子《あやこ》は申し訳ない気持ちでいっぱいになった。亜哉子もまた同じアレルギーを持っていたからだ。花粉症はないし、ハウスダストや食べ物にも問題はないのだが、何故《なぜ》か猫にだけは反応してしまう。そのせいで、亜哉子もまた子供の頃から猫好きなのに飼えずにいた。

「かわいいねぇ」

美佑がガラス窓の向こうの子猫を眺めながらうっとりと呟く。けれども、決して「欲しい」と駄々をこねたりはしない。まだ六歳だが、すでに自分の体質をよく理解していて、こうしてペットショップを覗くだけで満足している。

入口のドアが開いて人が出て来た。毛が流れて来たのか、亜哉子と美佑は揃ってくしゃみをした。

「さあ、帰ろうか」

「うん」

名残惜しそうにしながらも、美佑は素直に頷いた。

スーパーで買い物をしてから、家に戻って来た。自宅は世田谷線上町駅《せたがやせんかみまち》から徒歩十五分、戸数二十戸のマンションの３ＬＤＫで、動物飼育が禁止になっている。最近はペット可の物件が増えて、むしろ禁止の部屋を探す方が大変だった。同じような思いで入居した人が多いのだろう、今のところ、こっそり飼っている住民がいないので助かっている。

亜哉子はキッチンに立ち、夕食の準備に取り掛かった。美佑はきゃっきゃっと笑い声を上げて、お気に入りの『トムとジェリー』のDVDアニメを観ている。もう数えきれないくらい観ているのに、美佑にとってはいつも新鮮に映るようだ。

そばには三つの猫のぬいぐるみが並んでいる。美佑によると「この子たちは『トムとジェリー』の大ファンなの」だそうで、観る時はいつも一緒だ。『長靴をはいた猫』のアニメの時は、別のぬいぐるみが並ぶ。

飼えないせいもあって、美佑は猫のぬいぐるみをとても大切にしている。部屋には大小合わせて五十個以上もあるだろうか。中には、何度もほころびを繕ったものや、洗濯を繰り返してすっかり色褪《いろあ》せてしまったものもあるが、美佑は決して手放さない。ひとつひとつに名前を付けて可愛がっている。更に、それぞれストーリーがあり、たとえば白くて耳が垂れている「ユメちゃん」は「すごく寂しがりや」で、朝起きたら一番に「おはよう」と声を掛けるのだそうだ。白と茶色の縞模様の「トラちゃん」は「強くて、美佑をお化けから守ってくれるの」とのことで、寝る時はいつも枕元に置く。

さすがに古いぬいぐるみはみすぼらしく、本音を言えば処分したい気持ちもあるのだが、そこまで大切にしている美佑を見るととても捨てられない。

美佑はいい子に育ってくれた。親バカと笑われようと、誰よりも可愛くて、賢くて、優しい。

妊娠を知った時は、自分に育てられるか、ちゃんと愛せるかとの不安もあったが、今となってはお笑い種だ。美佑は亜哉子にとって唯一無二の存在である。自分の中にこんな深い母性があるなんて、子供を持つまで知らなかった。それは恋愛とはまったく質が違っていて、まるで本能が揺さぶられるような感覚である。いや本能というより野性、野性というより野蛮ささえ孕んでいるように思う。世の中には子を捨てる親、虐待する親がいるというが、亜哉子には信じられない。こうして無条件で美佑を愛せる自分はきっと幸運なのだろう。

美佑がまた笑い声を上げた。亜哉子はふと料理する手を止めて目を向けた。

それでも時々胸の中に、切なさとももどかしさとも呼びようのない、ざわめきが広がるのは何故だろう。同時に、それはあまり突き詰めてはいけないような気もしている。

今夜のメニューは、ミートボールのトマト煮込みと、緑黄色野菜のサラダ、そしてチーズのたくさん入ったスパニッシュオムレツだ。子供向けのメニューだが、お酒を呑まない夫は好き嫌いがなく、いつも何でもおいしいと食べてくれる。

七時過ぎにチャイムが鳴った。美佑が「パパだ！」と玄関に走って行く。亜哉子がドアを開けると、美佑は夫に飛びついた。

「おかえりなさい！」

「ただいま」

夫が満面の笑みで美佑を抱き上げる。美佑が夫の首にしがみつく。美佑は芯からパパっ子だ。

居間に入ると、夫は手にしていた紙袋を差し出した。

「ほら、おみやげ」

「えっ、なに、なに」

美佑が嬉々《きき》として受け取る。袋から出て来たのは、首にキラキラ光るリボンが付いた黒猫のぬいぐるみだった。

「わぁ、かわいい」

美佑が抱きしめて頬ずりしている。

「気に入った？」

「うん、とっても。パパ、大好き」

またもや美佑は夫に抱きつく。夫は目を細め、鼻の下を伸ばしている。

亜哉子はため息をつく。美佑の部屋がぬいぐるみでいっぱいなのは、こうして美佑のために夫がちょくちょく買ってくるからなのだ。

「飼いたくても飼えないんだから、これぐらいはいいだろう」

寝室で着替えながら、亜哉子の思いを察したように、夫は言い訳した。

「でも、もう部屋から溢れそうよ」

釘を刺したが、夫には通じない。

「父親なんて娘には甘いもんさ。さ、飯にしようか」

テーブルに着くと、夫と美佑はまるで恋人同士のように、顔を寄せ合っている。その微笑ましい光景に苦笑しながらも、亜哉子はふっと息を吐く。

そう、こんな時だ。あの不可解なざわめきが胸を掠《かす》めてゆくのは——。

静子《しずこ》おばさんから電話があったのは、街路樹の葉先が少し色づき始めた十月末だった。

午後六時を少し回ったところで、亜哉子は夕食の準備をしていた。美佑はいつものようにいくつかのぬいぐるみを従え、テーブルで猫の塗り絵に没頭している。

「どう、章《あきら》さんも美佑ちゃんも元気にしてる?」

「ご無沙汰しちゃってすみません。おかげさまでみんな元気です。おばさんも変わりないですか」

「なかなか膝の痛みが取れなくてね。接骨院の先生から年のせいだって言われて、いやになっちゃう」

静子おばさんは、母が二年前まで働いていた美容院のオーナーで、亜哉子も小さい頃から何かと世話になっていた。母にとっては姉、亜哉子にとっては伯母のような存在で、よき相談相手でもあった。小学校低学年の頃は、学童保育の後、母の仕事が終わるまで美容院の上にある静子おばさんの家で、本を読んだりテレビを観たりしながら待たせてもらったものだ。

二年前に母が死んだ時も、静子おばさんにはどれほど助けてもらっただろう。

「今日電話したのはね」

言ってから言葉尻が濁った。いつも気《き》っ風《ぷ》のいい静子おばさんにしては珍しい。

「どうかしたんですか」

「それがね、私も困っちゃってね。でも、亜哉子ちゃんに何も知らせないのもどうかと思って」

亜哉子は少し不安になった。

「何ですか」

「実はね、昨日、あの人から電話があったのよ」

「あの人?」

「ほら、深雪《みゆき》さんよ。亜哉子ちゃん、覚えてない?」

さあ、と、亜哉子は首を傾《かし》げた。その名に聞き覚えはない。

「そうね、昔の話だもの、忘れちゃったわよね。ううん、広江《ひろえ》ちゃんが言わなかったのかもしれないね。そりゃあ、広江ちゃんにしたらやっぱり言いづらいだろうから」

「あの……」

「あのね、その人は、忠行《ただゆき》さんの、ほら、つまり、何て言ったらいいのかしら」

父の名を聞いて察しがついた。

「相手の女の人ですか」

「まあ、そういうことになるわね」

二十九年前、父は母と亜哉子を棄《す》てて別の女のもとに走った。

「連絡をもらった時は、そりゃあびっくりしたわ。深雪さん、広江ちゃんがまだうちの美容院で働いていると思ってたみたい。亡くなったと言ったら、すごく驚いてた」

「そうですか……」

「それでね、亜哉子ちゃんに会いたいって言うのよ」

電話を持つ手が硬くなった。

「どういうことですか」

「話したいことがあるんですって。私も話ってなんですかって聞いたんだけど、それは直接話したいって」

亜哉子は黙った。

「亜哉子ちゃんにしたら何を今更って気持ちよね。だから、亜哉子ちゃんの連絡先を教えて欲しいと言われたんだけど、断ったの。でもね、このまま知らん顔するのもどうかと思って。やっぱり決めるのは亜哉子ちゃんだもの。とりあえず深雪さんの電話番号は聞いておいたんだけど」

ようやく冷静さを取り戻して、亜哉子は答えた。

「わかりました。その人には私から連絡します。ご迷惑をおかけしてすみませんでした」

「別に迷惑なんてことはないのよ。よければ私から断りの電話を入れておいてもいいのよ」

有難い言葉だが、大人になった今、そこまで静子おばさんに頼れない。

「大丈夫です。とりあえず用件を聞いてみます」

「わかったわ、じゃあ後は任すわね。何か困ったことがあったらいつでも言って」

「ありがとうございます。その時はよろしくお願いします」

そうは言ったものの、亜哉子はメモした電話番号になかなか掛ける気にはなれなかった。

胸の中には怒りというより、もっと醒《さ》めた感情が広がっていた。

父が出て行ったのは、亜哉子が今の美佑と同じ六歳の時だ。以来、母は美容師をしながら女手一つで育ててくれた。いくつか再婚話もあったらしいが、母は頑《かたく》なに受け入れなかった。不安も苦労もあったろう。それでも母は愚痴ひとつこぼさず、やりくりが大変な中でも、亜哉子を大学まで通わせてくれた。就職して六年目、会社の同僚だった夫との結婚が決まった時、これで肩の荷が下りたと、母はどんなに安堵してくれただろう。美佑を出産した時はそれこそ手放しで喜んでくれた。だから一昨年、母が心筋梗塞で倒れ、意識が回復することなく逝ってしまった時はどんなに辛《つら》かったか。これから母をのんびりさせてあげたい、そう思った矢先の出来事だった。

父が出て行った日のことを、今もよく覚えている。亜哉子は静子おばさんに預けられていた。夜になってアパートに戻ると、目を腫らした母から「お父さんは仕事で遠くに行った」と言われた。その時は母の言葉を信じたが、じきに理解することになる。どこにでも意地の悪い人間はいるものだ。近所のおばさんが、可哀想《かわいそう》がるふりをしながらこっそり亜哉子に耳打ちした。

「おとうさん、よその女の人のところに行っちゃったんだってね。可哀想に」

その時から、父など最初からいなかったのだと思うようにした。むしろ、もう母とふたりで生きてゆくしかない、との覚悟が心の支えにもなった。

「ママ、大丈夫?」

エプロンの裾を引かれて、我に返った。亜哉子の強張《こわば》った表情から何かを察したのだろうか。見上げる顔が少し不安そうだ。

「平気よ、何でもないから」

亜哉子は笑顔を返す。

「あのね、モーちゃんを貸してあげる」

美佑が猫のぬいぐるみを差し出した。白と黒とのぶち模様の猫だ。

「モーちゃんはとっても優しい子なの。この子を抱っこするといつも心がほんわかするの。ママもきっとそうなるよ」

「そう、ありがとう」

亜哉子はぬいぐるみを受け取った。

「でも、ママはやっぱり美佑がいいな」

そう言って美佑を抱き寄せる。美佑の小さな手がぎゅっと亜哉子の背を摑《つか》む。熟す前の果実のような匂いが鼻の奥に広がった。

電話をするまでに一週間かかった。決心したのは、これ以上待たせれば、その人からまた静子おばさんのところに連絡が入るのではないかと思ったからだ。

その時は、もちろん断るつもりだった。会う義理などない。しかし、電話口でその人は食い下がった。

「短い時間でいいんです。時間も場所もすべてお任せします。どこにでも参りますから、お願いします」

結局、押し切られるような形で、三日後、駅前のティールームで会うことになった。

その日、店のドアを開けると、奥の席で女性が立ち上がるのが見えた。会釈されて、
亜哉子はその人に近づいた。午後三時半。中途半端な時間のせいで、店内はすいている。

意外な気がした。父に家族を捨てさせるくらいだから、派手な女を想像していたが、そこにいるのは母と同じ年代の、老いを迎えた普通の女だった。

その人が頭を下げる。

「ご無理を言って申し訳ありません」

「いえ」

短く答えて席に座り、コーヒーを注文する。しばらくの沈黙の後、その人はためらいがちに口火を切った。

「おかあさまが亡くなられたと聞きました。何も知らなくてすみません。本当にご愁傷さまでした」

亜哉子は淡々と答える。

「知らなくて当然です。別に謝ってもらう必要はありませんので」

その人が目を伏せる。自分の言葉に棘《とげ》があるのはわかっている。でも、そうなって当たり前の相手である。コーヒーが運ばれて来たが、手を付ける気にはなれなかった。その人は逡巡《しゅんじゅん》するように口を噤《つぐ》んでいる。亜哉子は焦《じ》れた。

「あの、これから娘を保育園に迎えに行かなくちゃならないんです。時間がないので、ご用件を聞かせていただけますか」

とにかくこの厄介事をさっさと済ませてしまいたかった。

その人はゆっくり顔を上げた。

「そうね、無理を言ってごめんなさい。実は今、おとうさんが入院しています」

父の話であることは察しが付いていた。それ以外、この人とどんな接点があるというのだ。

「そうですか」

自分の声が硬く耳に届く。

「三年ほど前に肺の手術をしました。その後しばらくは順調だったんですけど、ひと月前の検査で再発がわかりました。たぶん、もう退院はないかと思います」

まったく狼狽がなかったといえば嘘《うそ》になる。しかし、亜哉子はそんな自分を打ち消すように淡々と返した。

「それで私にどうしろとおっしゃるんですか」

「お願いがあります。どうか会ってあげてくれませんか。血の繋がった家族は、亜哉子さんしかいません。もう時間が限られてしまいました。少しの間でいいんです。顔を見せてあげてもらえませんか」

「私と母を棄てた人です。もう家族じゃありません」

受け入れるつもりはなかった。冷たい娘、と思われようが、それだけの仕打ちをされたのだ。こうなったのは父の自業自得ではないか。

「亜哉子さんの気持ちはわかります。亜哉子さんとおかあさんを不幸にしてしまったこと、とても申し訳なく思っています」

不幸？　この人は今、不幸と言ったのか。

「あの人もそれをずっと気に病んでいました。もちろん私たちが背負っていかなければならない罪だとわかっています。それでも、できたら……」

「やめてください」

亜哉子は強く言った。不幸という言葉に、自分でも驚くほど気持ちが逆撫《さかな》でされていた。

「言っておきますけど、私は不幸なんかじゃありませんでしたから」

その人はハッとしたように顔を上げた。

「母も同じです。父がいなくても、私たち、ふたりでとても幸せに暮らして来ました。そんなふうに思われるなんて心外です」

「ごめんなさい、私ったら失礼なことを言って」

腹立たしさはある。もっと言ってやりたい思いもある。と同時に、その時、亜哉子の胸に広がったのは意外な感情だった。今の自分を父に見せつけたい、と思ったのだ。決して安心させたいわけじゃない。ただ、父がいなくても自分は少しも不幸ではなかった、傷つきもしなかった、それを知らしめてやりたかった。

「いいですよ、会っても」

自分の声が少し上擦っている。

「え……」

「病院はどこですか」

その人は慌ててバッグからメモ帳とペンを取り出した。


翌週の日曜日、夫に美佑を頼んで、亜哉子は出掛ける支度を整えた。ふたりには「学生時代に仲の良かった友達が入院したので見舞いに行く」と告げた。夫は亜哉子の両親が離婚したことは知っているが、詳しい事情までは話していない。すでに遠い過去の話であり、殊更告げる必要もないと思っていた。

着替えたところで、美佑がぬいぐるみを持って来た。

「ママ、これ」

巻尻尾《まきじっぽ》の三毛猫だ。眠り猫のように身体を丸くした姿が愛らしい。

「どうしたの？」

「この子はリリィちゃんって言ってね、病気の時に抱っこしてると、早く元気になれるの」

思い出した。去年、美佑が風邪をこじらせて肺炎になり、入院した時に夫が買って来たものだ。入院中、美佑はこのぬいぐるみを片時も離さずにいた。今年の初めに亜哉子がインフルエンザで寝込んだ時も、夜中に目が覚めると、枕元にこのぬいぐるみが置いてあった。

「ママのお友達、病気なんでしょう？」

「そうだけど……」

「だから、リリィちゃんを持って行ってあげて。でも、もうニャーニャーは言ってくれないんだけど」

当初、猫の首元にあるスイッチを押すと可愛い猫の鳴き声がしたのだが、今は壊れてしまったらしく、電池を替えてもうんともすんともいわなくなった。

「それでもいい？」

「もちろんよ、ありがとう」

どうであれ、美佑の優しさが嬉しかった。

「じゃあ行ってくるね。夕方には帰るから、それまでパパとお留守番しててね」

「はあい、行ってらっしゃい」

父が入院している病院は、千葉の南房総《みなみぼうそう》にあった。地下鉄と私鉄を乗り継ぎ、最寄りの駅に降り立った時、潮の香りがほのかに鼻先をくすぐった。

駅中で見舞い用の花束を買い、タクシー乗り場に向かった。病院の名を告げると、運転手は勝手知ったる様子で発車した。この駅から利用する客も多いのだろう。

亜哉子は車窓に目を向けた。見知らぬ町の風景が次から次と流れてゆく。

父と顔を合わせるのは二十九年ぶりだ。父はもう七十を過ぎている。どんな老い方をしているのか想像もつかなかった。死期が迫った今、覇気のない、貧相な枯れ枝のような姿になっているのだろうか。そんな姿は見たくない、と同時に、その姿をこの目でしっかり確かめてやりたい、という気持ちもある。

幼い頃、美容師という仕事柄、夜遅くまで働いていた母の代わりに、父はよく保育園に迎えに来てくれた。亜哉子は父の迎えが嬉しかった。父が来ると、周りの母親たちの注目を浴びるからだ。父は見栄えのいい容姿をしていた。背が高く、整った顔立ちと柔らかな声を持っていた。そんな格好いい父と連れ立って帰るのが、亜哉子は自慢だった。

父は手先の器用な人でもあった。家の棚を作ったり、軋《きし》み音をたてるドアを直したり、亜哉子のために子供用の椅子を作ってくれたりした。いつだったか、近所の人から壊れたラジカセが持ち込まれた時、父は亜哉子の目の前でてきぱきと分解し、配線を直し終えると、瞬く間に元に戻した。亜哉子は目を瞠《みは》った。父は魔法使いだと思った。

父が大好きだった。それ以上に、父に愛されていると信じていた。その愛情は永遠に続くものと疑わなかった。そう、あの日、父に見捨てられる瞬間まで。

本当はわかっている。時折、胸をざわつかせるものの正体が何かということを。美佑を無条件に受け入れる夫を見るたび、父に愛されなかった自分を思い知らされるのだ。

動揺がふいに押し寄せて来て、亜哉子は自分を落ち着かせるように、ぬいぐるみが入った紙袋をしっかりと抱きしめた。

病院の受付で部屋番号を教えられ、エレベーターで四階に上がってゆく。消毒液のにおいが漂う廊下を進み、病室の前の名札を確かめた。

そこは四人部屋だった。入ると窓際のベッドのそばに、先日会った深雪の姿があった。亜哉子を認めるとホッとしたように立ち上がり、背もたれに身体を預ける父に耳打ちした。

父がゆっくりと顔を向けた。ふと背中が粟立《あわだ》った。記憶の中の父とは、やはりずいぶん違っていた。もうあの頃の格好いい父ではなく、そこにいるのは痩せて顔色の悪い、髪もすっかり薄くなった、老いと病とに蝕《むしば》まれた老人だった。

深雪が近づいてきた。

「よく、いらしてくださいました」

どう答えていいかわからない。亜哉子は花束を差し出した。

「ありがとうございます。私はしばらく席をはずしますので、どうぞ、ゆっくりしていってください」

「これを……」

亜哉子は窓際に進み、ためらいがちに丸椅子に腰を下ろした。美佑から預かったぬいぐるみの紙袋を足元に置く。成り行きで持って来たが、もちろん父に渡す気などない。

「驚いたな、すっかり大人になった」

それが父の最初の言葉だった。

「当たり前です。あれからもう三十年近いですから」

「そうだな、もう、そんなに経ったんだな」

艶のない、細かいシワに覆われた父の顔に、あの頃の精悍《せいかん》さはどこにもなかった。本当にこれが父なのか。あんなに自慢だった父なのか。

「遠いところまでわざわざ来てもらって悪かった。こんなことを頼める義理じゃないのはわかってたんだが、あいつが妙に気を回してね」

「それで、具合はいかがですか」

社交辞令として、亜哉子は尋ねる。

「まあまあってとこだ」

あらかじめ用意していたように父が答える。

次に何を話せばいいのかわからない。ふたりの間に重苦しい沈黙が横たわり、間を取り繕うように、亜哉子は窓の外に目をやった。

「海が見えるんですね」

木々の間に青く澄んだ海が広がっている。

「ああ、だからこの病院にしたんだ。最期に目にするのは海がいいと思ってね」

最期、その言葉が胸に響く。だからといって同情なんてしない。

「母が死んだことは聞いていると思うんですけど」

「ああ、聞いた」

「二年前に、心筋梗塞で」

「残念だ。まさか俺より早く逝くとはな」

「それだけですか？」

思わず言うと、父が目を宙に漂わせた。

「広江にはすまないことをしたと思っているよ。おまえに対しても、父親としての責任を果たせなかったことを悔いている。すべては俺の身勝手が原因だ。いったいどう謝ればいいのか、それればかり考えていた」

「いいえ、謝らないでください」

ぴしゃりと亜哉子は言った。

「謝ってもらいたくて来たんじゃありません。あなたに、母と私が不幸だったと思われたくなかったから来たんです。母も私も、周りの人に恵まれてとても幸せでした。今は私も、優しくて誠実な人と結婚して、可愛い娘を授かって、温かい家庭を築けています。あなたがいなくても、何の支障もありませんでした」

「そうか……」

「今日来たのは、それが言いたかったからです」

父がゆっくりと頷く。

「それを聞いて安心した」

「やっぱりそうなんですね」

亜哉子の言葉に、父が困惑の表情を浮かべる。

「結局、安心したかったんですね。それで罪悪感から逃れたかったんでしょう。言っておきますけど、不幸でなかったからといって、あなたを許すつもりはありませんから」

死が近い相手への言葉として、辛辣過ぎるかもしれない。けれども、これくらいのことを言わなければ、ひとりで死んだ母があまりに可哀想ではないか。

「許されるなんて思っていないさ。これからも憎み続けてくれて構わない。それだけのことを、俺はしたんだから」

「そうですか、では、そうします」

日が翳り始めている。秋の午後は駆け足だ。もう話すことはない。言いたいことはみんな言った。

「じゃあ、私はこれで」

椅子を立ってドアに向かうと「亜哉子」と、呼び止められた。

「娘の名前は何ていうんだ？」

振り向いて、父を見つめ返す。

「美佑です」

「可愛い名前だな。それでどうだ？」

「え？」

「猫はどうだ？」

亜哉子の猫アレルギーは父から受けついだものだった。

子供の頃、猫を触りたくてたまらなかった。それなのにできない。くしゃみが出て、目が痒《かゆ》くなって、蕁麻疹が出る。父はそんな亜哉子にいつも謝った。

「ごめんな、みんな父さんのせいだ」

父が出て行って以来、父を否定することに心を砕いて来た。けれども、どれだけ背を向けようと、猫を見るたび、父と同じ血が流れていることを思い知らされてしまう。そして、それが美佑にまで受け継がれてしまったという皮肉に、唇を噛む。

黙っていると、父は言った。

「やっぱりそうか。ごめんな……」

「謝らないでって言ったでしょう」

亜哉子は強い口調で返し、そして、そんな自分にいたたまれずに病室を飛び出した。

ぬいぐるみを病室に忘れて来たことに気づいたのは、私鉄に乗ってからだった。今更、引き返すこともできない。美佑には病気の友達にプレゼントしたと言おう。心苦しいが、優しい美佑のことだ、きっと納得してくれるに違いない。


秋が深まっていった。

亜哉子は日常を取り戻していた。朝は五時半に起きて、朝食の用意をし、美佑のお弁当を作る。その間に洗濯機を回し、部屋にざっと掃除機をかけて、七時半に夫を送り出し、八時半前にはマンションを出て美佑を保育園に連れてゆく。そのままパートに行って仕事をし、三時に終えると美佑を迎えに行く。ペットショップに寄るのは今も続いていて、美佑は相変わらず猫に夢中だ。それからスーパーで買い物をして、家に帰って夕食の準備をする。

静子おばさんから電話があったのは、美佑と夫と三人で、クリスマスツリーの飾り付けをしている最中だった。

「忙しい時に悪いんだけど、近いうちにこっちに寄れないかしら。ちょっと渡したいものがあるの」

「じゃあ明日、伺います。ちょうど美佑の髪もカットしてもらいたかったから」

翌日、保育園の帰り、静子おばさんのもとに向かった。美佑は美容院に預けて二階に行く。部屋を訪ねるのは久しぶりだ。

「わざわざ来てもらって悪かったね。さあ、上がってちょうだい」

おばさんがいつもの笑顔で迎えてくれた。

昔はどの部屋も畳敷きだったが、膝が悪くなってからはカーペットを敷き、テーブルと椅子を置いている。ふたりはダイニングテーブルで向き合った。

「あのね、電話で言った渡したいものって、これなんだけど」

静子おばさんが、床に置いてあった段ボール箱をテーブルに置いた。

「何ですか」

「開けてみて」

蓋を開いて、亜哉子は小さく声を上げた。ぬいぐるみが入っていた。父のところに置き忘れた、あの美佑のぬいぐるみだ。

「亜哉子ちゃんの住所がわからなかったから、深雪さん、うちに送って来たの。病院に忘れて来たんですって？」

「ええ。すみません、また面倒をかけちゃって」

「それでね、忠行さんだけど、亡くなったって」

静子おばさんがぽつりと言った。一瞬、言葉に詰まった。

「深雪さんから手紙が入ってた」

亜哉子は渡されたそれを手にした。

『夫忠行が永眠しましたこと、謹んでお知らせ申し上げます。葬儀は本人の希望により、身内で滞りなく相済ませました。生前中のご厚誼《こうぎ》に深く感謝申し上げます』

そして最後にこう書き添えられていた。

『ぬいぐるみをお返しします。忠行の最期を一緒に看取《みと》ってくれました。静かな旅立ちでした。無理をお聞き入れいただいて、本当にありがとうございました。　深雪』

そうか、父は死んだのか。あの海の見える病室で逝ったのか。

「何と言ったらいいのかしらね、亜哉子ちゃんにしたらいろいろ複雑な思いがあるだろうけど」

「冷たいかもしれませんが、もう長く会ってなかったし、正直言って、あまり父という実感がないんです」

「そうでしょうね。このぬいぐるみを送り返していいものか、深雪さんもとても迷ったと思うわ」

皮肉な思いが湧いて、亜哉子は言った。

「父を奪ったんだから、せめてぬいぐるみぐらいは返さなくちゃいけないと思ったんじゃないですか」

笑い話にしようとしたのだが、うまくいかなかった。頰はこわばったままだ。

「そのことなんだけど、もう、話してもいいかなって」

静子おばさんの口調が改まった。

「広江ちゃんも、忠行さんも亡くなったし、亜哉子ちゃんも家庭を持って、幸せに暮らしていることだし」

亜哉子は尋ね返した。

「何の話ですか？」

「深雪さんが、亜哉子ちゃんのおとうさんを奪って行ったのは確か。だけど、あのね、深雪さんは、元々は忠行さんの奥さんだった人なの」

「えっ」

何を言っているのか、すぐには理解できなかった。

「ふたりが結婚しているのは、もちろん広江ちゃんも知っていた。それでも諦められなかったのね。みんな若かったし、道を見誤るっていうか、情熱にかられるってこともあると思うのよ。悪いのは忠行さん、それは間違いない。結婚しているのに、広江ちゃんとそういうことになっちゃったんだもの。結局、広江ちゃんが亜哉子ちゃんを身籠《みごも》ったことで、深雪さんは身を引いたの。深雪さん、子供に恵まれない人だったから」

亜哉子の唇が細かく震え出した。

最初に父を奪ったのは母だというのか。

「結婚して、亜哉子ちゃんも生まれて、しばらくはとても幸せそうだった。でも、少しずつ気持ちが擦れ違うようになってしまってね。理由はよくは知らない。夫婦のことは夫婦にしかわからないものね。ふたりとも、亜哉子ちゃんのためにも修復しようと頑張ったようだけど、やっぱり、ひとつ歯車が狂いだしてしまうと元に戻るのは難しいものなのね。結局、忠行さんは家を出て行くことになったの」

「それで、あの人のもとに帰ったんですか」

「まあ、そういうことになるわね」

亜哉子は手元に視線を落とした。

深雪のひっそりと寂しげに俯く姿が思い出された。

「もしかしたら」

「え?」

「あの人は、父をずっと待っていたんでしょうか」

「さあ、それはどうだかね」

「自分を裏切った相手なのに」

「もともと、嫌いで別れたんじゃないから、そういう気持ちもあったのかもしれない。あくまで推測でしかないけど」

知らなかった、何も知らなかった。

「こんな話、しない方がよかったのかもしれない。でも亜哉子ちゃんももう大人だし、そろそろいいかなって。広江ちゃんも、いつか亜哉子ちゃんに話そうと思っていたんじゃないかな。あんな急に亡くなったから、何も言えずに終わったけど」

母は、私に父を憎んでいて欲しかったのだろうか。父を奪ったことを恥じていたのだろうか。だから何も話してくれなかったのだろうか。もしかしたら、母もまた、あの深雪という人と同じように、裏切った父を待ち続けていたのだろうか。

家に戻って、いつものように夕食の準備をした。上の空だった。父を憎み続けて来た時間を、すぐになかったことになどできるはずもない。

「よかったね。ママのお友達、元気になったんだ」

美佑は戻って来たぬいぐるみを抱えて嬉しそうだ。

「そうよ、だから返してくれたの」

やがて夫も帰って来た。いつものように三人で夕食を囲んだが、亜哉子の気持ちは頼りなく宙をさ迷っている。

夕食を終え、風呂も済ませ、亜哉子がキッチンで明日の弁当の準備をしている間に、夫が美佑を寝かしつけに行った。ひと息ついたところで、美佑が居間に飛んで来た。

「ママ！」

「どうしたの？」

「直ってる」

美佑はぬいぐるみを差し出した。

「直ってるって？」

夫も後ろから付いてきた。

「うん、何かよくわからないけど、そうなってる」

「どういうこと？」

「ほら、リリィちゃん、首のボタンを押しても鳴かなかったでしょう、でもちゃんと鳴くの」

亜哉子は目をしばたたいた。

「ただね、ニャーニャーじゃないの」

美佑が首元のボタンを押す。

流れて来る声に亜哉子は息を呑んだ。

ごめんな、ごめんな、ごめんな。

父の声だった。

ごめんな、ごめんな、ごめんな。

「ねえ、どうしてリリィちゃん、謝っているの？」

夫も首を傾げている。

謝らないでって言ったのに。謝ったって許さないって言ったのに。

ごめんな、ごめんな、ごめんな。

頬に涙が伝わり落ちてゆく。拭っても拭っても溢れて来る。

「ママ、どうしたの。やだ、泣かないで」

美佑がしがみ付いてきた。

「そうじゃないの、悲しいんじゃないの」

亜哉子は美佑を抱き締めた。長い間、胸の中で冷たく閉ざされていた思いが、少しずつ解け始める。そしてそれが新たな思いに変わってゆくのを、亜哉子は静かに受け取めた。

残秋に満ちゆく

外は金色の雨が降っている。

雨といっても雨ではない。黄一色に染まったカラマツの針葉が、秋の日差しを受けてきらきら舞い落ちている。その様子が、まるで金色の雨のように見える。

紅く染まる楓《かえで》や山桜も華やかだが、紅葉《こうよう》といえばカラマツがいちばん美しいと、早映子《さえこ》は思う。そしてこのカラマツの落葉を最後に、軽井沢《かるいざわ》は秋を終える。

塩沢《しおざわ》の自宅から、四駆のステーションワゴンを走らせて、国道一八号線バイパスの交差点を渡って行く。ちょうど中部《ちゅうぶ》小学校前を過ぎようとしたところで、不意に道路の左脇から黒い影が飛び出して来て、早映子は慌ててブレーキを踏んだ。タイヤが軋み音をたてた。

顔を向けると、白黒模様の猫が不満げな表情でこっちを見ている。

「まったく……」

文句を言いたいが相手が猫では仕方ない。

軽井沢は野良猫が多い。野良というより、野生といった方がいい。何代にもわたって森の中で生きてきた彼らは、飼い猫だった記憶などDNAのどこにも存在しない。人に決して馴れず、警戒心の塊で、種類としてはキツネやタヌキと一緒である。

茂みの中に猫の姿が消えてゆくのを確認してから、車をスタートさせた。そのまま中《なか》軽井沢にあるフラワーショップ「ジャルダン」へと向かう。古くて小さい、ビルと呼ぶにはおこがましいような上下階合わせて二十坪足らずの店である。

今年、五十八歳になる早映子は、フラワーアレンジメントの資格を生かして、七年前、この地に店を開いた。それは東京から軽井沢に移住したのと時を同じくする。

開店の頃は苦労した。赤字続きで、閉めてしまおうかと悩んだことも一度や二度ではない。それでも三年ほどすると、徐々に注文が入るようになった。

主な仕事は、ホテルのロビーの活《い》け込みや、各種パーティのテーブルフラワーセッティング、結婚式場の飾り付け、花嫁のブーケなどである。レストランやゴルフ場のクラブハウスからも定期的な依頼がある。また、スーパーマーケットに小さなブーケを置くコーナーを持っていて、これも結構人気がある。

店のオープンは朝十時でクローズは午後七時。小売りがあまり芳しくないので、店の二階で週に三回、フラワー教室を開催している。講習は無料、必要なのは花代だけ、というのが人気で三十人ほどの会員がいる。

あとはプリザーブドフラワーをネットで販売している。これが意外によく売れ、収入の大きな足しになっている。便利な世の中になったものだとつくづく思う。軽井沢のこんな小さな店でも、日本中から注文を受けることができるのだ。

店にはアルバイトの女性が三人いて、彼女たちは時間を調整しながらそれぞれ交代で出勤している。アルバイトといっても、彼女たちにも花の心得があり、プリザーブドフラワーやスーパーに並べるブーケの制作を手伝ってもらっている。

軽井沢はそろそろ観光シーズンが終わろうとしていた。紅葉が終わった十一月半ばから翌年のGWまで、別荘客や観光客の姿は消え、町自体が眠りについたかのようにひっそりする。日中でも零度を下回る真冬日が続く時期となれば、観光客が敬遠するのは当然だし、結婚式を挙げるような物好きもいない。ゴルフ場も閉まって客はない。レストランも春まで看板を下ろしてしまう店が多い。

裏の駐車場に車を入れて入口に回ると、アルバイトの寛子《ひろこ》が、店先に置いてあるプランターの中を覗き込んでいた。

「おはよう、どうかした？」

寛子は三十代半ばで子供が二人いる。

「あ、おはようございます。猫がまたウンチをしてて」

「またなの？ 困ったものね」

早映子は眉を顰めた。店頭にはいつも季節の花を植えているのだが、猫の排泄物《はいせつぶつ》のせいで花が枯れ、年に何回も植え替えなければならない。早映子の表情が可笑《おか》しかったのだろう。「早映子さん、猫、嫌いですよねぇ」と、寛子がくすくす笑った。

「嫌いっていうか、苦手なの。猫って気まぐれで、何を考えてるのかわからないところがあるでしょう」

「そこが魅力っていう人も多いんですけどね。私もそのひとり」

「うーん、私は気まぐれなのも、何を考えてるのかわからないのも、人間だけでたくさん」

あはは、と寛子は、今度は声を上げて笑った。

「ちゃんと始末しておきますから」

「よろしくね」

店に入ってエプロンを着け、早速、朝の作業に取り掛かった。まず市場から配送された花を段ボールから取り出し、水切りをしてゆく。これに結構手間がかかる。けれどもこの処理を適正に行っておくと、花の持ちがまったく違う。

水がすっかり冷たくなった。花鋏《はなばさみ》を持つ手がかじかんでゆく。ゴム手袋をすればいいのだろうが、枝や茎の感触がわからなくなってしまうのは困る。時には活性剤を使うので、手荒れは職業病のようなものだ。

華やかに見えるようで、花屋はかなりの重労働を強いられる。重い花瓶や鉢植えを運ぶので、腰痛に注意しなければならないし、注文が来るのは土曜・日曜・祝日が多いので、なかなか休みが取れない。

水切り作業を終えると、アレンジメントの用意を始めた。今日、午後に旧軽井沢のホテルで古希を祝う昼食会が催されることになっていて、そのテーブルセンターを飾る花を依頼されたのだ。出席人数は二十人。細長いテーブルがふたつ。料理はフレンチ。花はあくまで、料理を引き立たせる存在でなくてはならない。

「しずく」という名の、花びらの外側が白で中心部に向かって淡く紫に変わるバラをメインに、薄いピンクのリューココリーネと小ぶりのクレマチス、それに野バラの蔓で動きを出そうと考えていた。

「じゃあ、行って来ます」

「お疲れさまです」

寛子に声を掛け、十一時前には花と花器を車に載せ、ホテルに向かった。

しかし、セッティングするとホテル側から「もう少し華やかさが欲しい」と言われた。急遽《きゅうきょ》、クレマチスを赤いグロリオサに変更する。早映子としてはクレマチスの方がシックだと思うが、顧客の要望に応えるのも大切な仕事である。こういう時のために、必ず何種類か予備の花を持って行くようにしている。

花を活け替えて、店に戻って来た時には十二時半を回っていた。

「お客さまが見えてますよ」

寛子がブーケを作る手を止めて顔を向けた。

「客？」

「二階でお待ちいただいてます。学生時代の知り合いだと仰《おつしや》ってましたけど」

「そう、ありがとう」

早映子は持ち帰った花をバケツに戻して、二階に向かった。誰だろう。学生時代の友人が訪ねて来るなどまずない。親しい何人かには転居と花屋を始めたことは知らせてあるが、殊更、触れ回ったわけではない。なぜ軽井沢で花屋なんて？　と疑問を持たれるのは当然だし、そうなると必然的に離婚の話もしなければならない。離婚の理由まで詮索されてはかなわない。ただ若い頃と違ってSNSの時代となった今、いろいろと情報が知れ渡ってしまうのは仕方ないだろう。

ドアを開けたところで、窓際に立つ姿があった。濃紺のブルゾン、グレーのコーデュロイパンツ、足元はスニーカー。まさか客が男だなんて思ってもなかった。

「あの……」

早映子の声に、男が振り返った。逆光で顔がよく見えない。

「ひさしぶり」と、男が言った。

「急に訪ねるのは不作法だと思ったんだけど」

男が一歩前に出て日差しが翳った。その顔を見たとたん、しばらく声が出なかった。

「先に電話しようかとも考えたんだけど、却って身構えさせてしまうような気がして、思い切って直接来ることにしたんだ。門前払いは覚悟の上でね」

早映子は少し落ち着きを取り戻した。

「あなたはいつもそうだった。何でもやることが突然なの」

「そうだったかな」

靖幸《やすゆき》が笑う。すると目尻にあの頃にはなかったシワが大きく広がった。髪には白髪が目立ち、かつて筋肉質だった身体はすっかり痩せて、一回り小さくなっている。年をとったな、と思う。けれども、それは自分も同じだろう。早映子も目尻にはシワが増え、頬には若い頃にはなかったシミが浮かんでいる。

「でも、どうして?」

「たまたま軽井沢に来たからさ」

「この店がよくわかったわね」

「大学時代の知り合いに聞いたんだ。それでネットで調べてね」

「そう」

何を話していいのかわからない。窓から降り注ぐ秋の柔らかな日差しが、気まずい沈黙を浮かび上がらせる。

「今夜、よかったら夕食でもどうかな」

早映子は目をしばたたいた。

「どうして？」

靖幸が苦笑する。

「どうしてって聞かれてもなぁ。せっかくひさしぶりに会えたから、少し話ができたらなって思ったんだ。何しろ三十年ぶりだからね」

いいえ三十三年よ、と、早映子は胸の中で呟く。そう、三十三年。目の前の男と、かつて我を失うほどの恋をしていたなんて、現実であったかどうかさえ曖昧な記憶になるほどの長い年月が過ぎている。

「都合はどう？」

何て答えればいいのだろう。いきなり来て、いきなり夕食に誘うだなんて、こちらの都合をどう考えているのだろう。

「仕事があるから遅くなるの」

「俺は何時でも構わないよ」

早映子は頭の中で考える。今日は午後にフラワー教室があるが、それ以外にこれといった予定はない。店を閉めるのは七時だが、施錠は寛子に頼んで少し早めに帰らせてもらおうか。家に帰って着替えをし、化粧を直して、髪もブローしたい。少なくとも一時間は余裕が欲しい。

「八時頃になってしまうけど」

「いいよ、待ってる。場所はどこにしようか。実を言うと軽井沢に来るのは初めてでよくわからないんだ」

中軽井沢周辺にもレストランはあるが、あまり人目に付きたくない。昔の知り合いと食事するぐらい大したことではないが、小さな町ではいろんな話に尾ひれが付いて噂《うわさ》になる。むしろ、観光客向けの店の方が目立たずに済むだろう。

「一四六号線を千ヶ滝《せんがたき》に向かう途中に、ハルニレテラスっていう場所があるの。タクシーに言えばすぐわかるわ。そこのイタリアンレストランでどう？　よければ私が予約しておくけど」

「悪いね、じゃあ頼むよ」

午後のフラワー教室には身が入らなかった。いつもは賑やかなお喋りが続くのだが、ついうわの空になり、生徒たちの呼びかけにも気づかなかった。

早映子は靖幸が訪ねて来た理由がまったくわからなかった。たまたま軽井沢に来た、などと言っていたが本当だろうか。ゴルフ場も閉まった今、六十近い男がひとりで軽井沢に来るなんて妙な話ではないか。平日なのに仕事はどうしたのだろう。何か別の目的があるのではないだろうか。

ふと、もしかしたら借金の申し込みではないか、という疑念が湧いた。まさかとは思うが、この世の中にないといえることなどひとつもない、という事実は人生で得た教訓である。

もし、そうだったら夕食に行ってもいやな思いをするだけだ。けれども、すぐに思い直した。切り出されたらきっぱり断ってやればいい。あの時、靖幸がそうしたように。今度は靖幸に同じ思いをさせてやればいい。

後始末を寛子に頼み、六時過ぎに店を出た。車を走らせ、家に着いたのが六時二十五分。

まずはクローゼットを開いて、着てゆく服を探した。もう長く服は買っていなかった。毎日、家と店との往復なので、デニムやパーカーといった動きやすいスタイルばかりを通している。これでもないあれでもないと、散々迷い、数年前に買ってほとんど袖を通す機会のなかったニットのワンピースを着てみた。しかし、鏡に映すとラインがもたっとしてやけに野暮ったい。買った時はこんな感じじゃなかったのに、と思ってから気づいた。服のせいではない。自分の体形が変わったのだ。

早映子はしばらく、鏡に映る自分と対峙《たいじ》した。かつて華奢《きゃしゃ》だった身体には、ぽってりと肉が付いている。特に閉経してからはお腹周りと背中が気になるようになった。いつだったかショッピングセンターで「いやだわ、中年の女性がこっちを見ている」と思ったら、鏡に映る自分だった。もう年なんだから仕方ない、と、自分に言い聞かせながらも、口から漏れるのはため息ばかりだ。

鏡台の前に座っても同じだった。ファンデーションを塗りながら思い出す。かつて最も力を入れたのは、アイメークだった。少しでも目が大きく見えるよう工夫をし、睫毛の隙間を埋めるようにアイラインを丁寧に引いた。マスカラは何よりも大切なアイテムで、長く濃く仕上げることに神経を注いだ。流行に合わせて眉の太さや頬紅を差す位置を変え、口紅はシーズンごとに注目の色をいち早く手に入れた。

それなのに今はどうだろう。いちばん時間をかけるのは土台となるファンデーションだ。何よりも、くすんだ顔色をカバーし、頬に浮かぶシミを隠すことが先決であり、その分、あとはざっくり済ませてしまう。

髪型だって同じだ。若い頃はずっとロングヘアを通していた。毛先だけを巻いたり、ソバージュにしたり、ストレートにしたり、ホットカーラーやくるくるドライヤーを駆使して、気に入った髪型にするためにどれだけでも時間をかけた。うまく決まらない日は一日中憂鬱だった。ショートヘアにしたのは、子供が生まれて手が掛かるようになったのがきっかけだが、以来、便利さだけで短く切っている。そうして今、髪はすっかりコシがなくなり、自然なボリュームを出すのに苦労している。ヘアカラーをしていてもすぐに生え際に白髪が覗いて、スティックタイプの白髪隠しが必需品となっている。

鏡の中の自分に、早映子は呟く。

仕方ないじゃない、これが現実なんだから。それだけの年になったのだから当然のこと。健康でやりがいのある仕事を持ち、自立している。それで十分じゃない。何を気落ちしているの。胸を張っていればいいじゃない。

心の内で、靖幸に少しでも若く見られたいと思っている自分に気づいて、早映子はいたたまれなくなった。まだ若さにしがみつこうとしている。なんてみっともない。

結局、服はシンプルな白シャツに淡いオレンジ色のカーディガンを羽織り、ベージュのパンツを合わせた。化粧も凝らずに済ませた。髪は指で膨らませてざっとスプレーをかける。用意が整った時には七時四十分になっていた。

電話でタクシーを呼び、玄関でパンプスに足を入れる。

靖幸と恋をしていた頃、自分の容姿にいつも自信がなかった。もう少し胸が大きかったら、足が細かったら、目が大きかったら、肌が綺麗だったら、髪が艶やかだったら、そうしたらもっと靖幸に愛されるのに。そんなことばかり考えていた。

弾けるような若さに少しも気づかず、老いることなど想像もできなかったあの頃。若さとは何て傲慢なのだろう。そして、自分がいかに傲慢だったかと知るのは、それを失ってからなのだ。

日本が高度成長期の真《ま》っ只中《ただなか》にあった七十年代後半、早映子は家電メーカーに事務職として採用された。男女雇用機会均等法が施行されるずっと前の話である。会社にとって早映子は「事務の女の子」でしかなく、定時になれば退社できる安穏とした職場だった。それとは対照的に、学生時代から付き合っていた靖幸は広告代理店に就職し、昼夜土日を分かたず仕事に没頭していた。学生時代と違って会えない日々が続くようになったある日、靖幸は言った。「一緒に暮らさないか」。戸惑う早映子に、こう続けた。

「早映子にはずっとそばにいて欲しいんだ」

靖幸の言葉が素直に嬉しかった。早映子も同じ気持ちだった。もちろん迷いがなかったわけではない。同棲なんて特別な人がするものだと思っていた。それでも靖幸の情熱に押し切られるように、案ずる親の小言にも耳を貸さず、ふたりで暮らし始めた。毎日が楽しかった。幸福だった。ふたりで過ごす時間はいつも身体のどこかが触れ合っていた。笑い、じゃれ合い、言葉以上にセックスで多くを語り合った。

同棲して二年がたち、早映子は二十五歳になろうとしていた。その頃になると故郷の両親から「どうなってるの」と探りを入れられるようになった。同棲を黙認していたのは、結婚すると信じていたからだ。もちろん早映子もそのつもりだった。いずれ結婚する。それが前提の同棲だった。二十五歳。今になってみれば、その若さで何を焦っていたのだろうと笑ってしまうが、あの時代、そしてあの頃の自分にとって、その年齢はひとつのターニングポイントだった。

親からせっつかれるのに負けて、早映子は切り出した。言葉は選んだつもりである。

「そろそろ両親を安心させてあげたいの。故郷の友達が何人か結婚して心配になってるみたい。私も三十歳くらいまでには子供が欲しいし、いつかは家だって持ちたいし、いろいろ将来のことを考えると――」

その時、靖幸が言った。

「自分の人生の予定を、俺に押し付けないでくれないか」

早映子は靖幸を見た。そんな言葉が返って来るなんて思ってもいなかった。たとえばあと二年待って欲しいとか、婚約だけでもして両親を安心させようという返事があるものと考えていた。それなら、靖幸の言葉を信じようと決めていた。

「早映子にしたらもう二十五かもしれないけれど、俺にとってはまだ二十五なんだ」

その言葉に思わず頭に血が上り、早映子は強い口調で言い返した。

「ずっとそばにいて欲しいって言ったのは靖幸じゃない。今更どうしてそんなことが言えるの。責任をどう取るつもりなの」

「結婚は責任でするもんじゃないだろ」

それきり、靖幸は黙った。あの時の投げ遣りな表情を、今もはっきりと思い出すことができる。辟易《へきえき》する様子が横顔にありありと浮かんでいた。

靖幸が部屋を出て行ったのは、それから半月後である。別れはあまりにも呆気なかった。

それから二年後、早映子は結婚した。二十七歳になっていた。上司に勧められた見合いが、とんとん拍子で決まったのだ。

夫は五歳年上で、少し気弱な気質が窺《うかが》えないでもなかったが、陽気な笑顔に、この人とならきっと明るい家庭を築けると思えた。

父親を早くに亡くした夫は、世田谷で母親と小さな不動産屋を経営していた。父親が始めた事業だったが、亡くなった後に母親が引き継ぎ、夫も大学卒業後に加わったという。従業員は五人。経営もまあまあ順調だった。ひとり息子ではあっても姑とは別居だというし、その姑もばりばりと仕事をこなすさっぱりした性格の人だった。

結婚して二年後に息子の諒《りょう》が生まれた。生まれた時、身体に似合わぬ大きな産声を上げて、周りを驚かすほど元気な子だった。夫は「僕に似てる」と目を細め、姑は「これで跡継ぎができた」と手放しで喜んだ。

諒は健康に育ってくれた。早映子は育児に専念した。ただ次の子には恵まれなかった。夫と姑の期待はわかっていたし、病院通いもしたが、兆しは訪れなかった。それに悩んだ時期もある。それでも姑が「私も子供はひとりだけだったから」と言ってくれ、夫も「こればっかりは授かりものだから」と、優しい言葉をかけてくれたのがありがたかった。

時代のタイミングもあったのだろう、会社は堅調な伸びを見せた。従業員は二十数人に増え、いつか軽井沢に小さな別荘を持てるぐらいのゆとりある暮らしができるようになった。夏になると親子三人、時には姑も加わって、賑やかに過ごした。

諒は感性が豊かで、誕生日や母の日やクリスマスには必ずプレゼントを用意してくれるような母思いの息子だった。思春期の頃はそれなりに手を焼いたが、どこの親子でも起こりうる日常のありふれた揉め事でしかない。

すべてが順調だった。周りからも羨まれるような家庭だった。早映子は満足していた。こんな暮らしがこれから先も続くものと思っていた。

諒が二十歳を迎えるあの日までは――。


「こんな時期に軽井沢だなんて酔狂ね。ゴルフができるわけでもないのに」

早映子は白ワインを口にした。ハルニレテラスのイタリアンレストランは思った通り客が少なく、テーブル席は半分も埋まっていない。

「こんなに寒いとは思わなかった」

靖幸が苦笑いしている。夜になって、気温は零度近くまで下がっている。もう初雪が降ってもおかしくない。

カジュアルなレストランなので、アラカルトでいくつかの料理を注文した。生ハム、サーモンのカルパッチョ、信州牛《しんしゆうぎゆう》のグリル、サラダ、それらをシェアする。靖幸はワインではなくミネラルウォーターを飲んでいる。

「休暇なの？」

「会社は三か月前に辞めたんだ」

靖幸がさらりと言って、早映子はフォークを持つ手を止めた。

「早期退職ってこと？」

「まあ、そんなところだ」

早映子の知っている限り、靖幸は仕事のできる人だった。プライベートより仕事を優先させる人でもあった。何があったのだろう。失敗か、左遷か、不祥事か。そんな早映子の思いを見透かしたように、靖幸は言った。

「心境の変化ってやつさ。退職金が入ったおかげで、今は、やりたくてもやれなかったことを好きにやっているよ。夕陽を見に能登《のと》へ出かけたり、桜の植樹に青森まで行ったり、両親を温泉に連れてってたりね。現役時代は忙しさにかまけて、親孝行なんてできなかったからな。この間は高知にクジラを見に行って来たんだ。すぐそばで見られてラッキーだったよ。すごい迫力で命の逞《たくま》しさを感じたなあ」

早映子は呆れていた。

「ずいぶん楽しそうね。そんなに遊んでばかりで奥さんに何か言われない？　年金だって当てにならないご時世よ」

「実は独り身でね。もう、ずいぶん前に離婚した」

「あら、そうなの」

　早映子は関心がないというふうに、ワイングラスを口に運んだ。

「結婚したのは日本中が好景気に浮かれていた時期でね。それがよかったのか悪かったのかわからないけど、俺も家庭を顧みる余裕がないほど仕事に追われて、家を空けることもしょっちゅうだった。いや、追われてっていうのは言い訳だな。家庭より仕事の方がずっと面白かったというのが正直なところだ。そんな俺に愛想を尽かして『結婚している意味がない』って出て行かれたんだ。まあ、自業自得だな。以来、何となく結婚しそびれてしまってね」

「お子さんは？」

　淡々と尋ねる。

「いない。彼女はすでに再婚して、子供もできて、幸せに暮らしてるようだ」

「よかったわね。やだ、よかったなんて失礼よね」

「いいや、俺もよかったと思ってるよ」

「じゃあ、これからは第二の人生ってわけね」

靖幸は一瞬、目線を宙に泳がした。

「第二の人生か、まあそうなるんだろうな」

言葉が途切れた。靖幸は相変わらずミネラルウォーターを飲んでいる。皿に取り分けられたサラダや信州牛にはほとんど手を付けていない。以前は食欲も旺盛で、お酒も強く、どれだけ飲んでも酔っ払った姿なんて見たこともなかった。

「君も離婚したって聞いたけど」

靖幸の問いに早映子はちらりと目を向けた。

「そうよ、もう七年になるわ」

「それで軽井沢で花屋を始めたわけだ。東京から離れるなんてよく思い切ったな」

「こっちに別荘があったのよ。離婚の時に慰謝料と一緒にもらったの」

「へえ。元のご主人は資産家なんだね」

「まあね」と言ってから、言葉が少し途切れた。

「花屋を始めるのがずっと夢だったの。主婦時代にフラワーアレンジメントの資格を取った時からのね。花はいいわ、美しく咲いて潔く散る、そういうところが好き」

「それでちゃんと自立してるんだからすごいよ。お子さんは？」

「ひとり」

「息子さん？　娘さん？」

「……息子」

「いくつ？」

早映子は靖幸から目を逸《そ》らした。

「悪いけど、息子の話はしたくないの。もう縁を切って何年も会っていないから」

靖幸が困ったように眉を顰めた。

「そうか、余計なことを聞いてしまったね」

息子の諒が家を出て行った日のことは、一瞬たりとも忘れたことはない。「自分に正直に生きたい」と、一途《いちず》な目を向けられた時、早映子は混乱するばかりで返す言葉が見つからなかった。頭には、何故？という疑問だけがある。目の前にいるのはもう早映子の知る諒ではなかった。何かの間違いだ、こんな子に育てた覚えはない。出てゆく諒の背中に向かって早映子は叫んだ。

「あなたは私の産んだ子じゃない！」

諒が出て行って、夫と姑はどれほど落胆しただろう。夫から離婚を切り出されたのはそれから二年後だ。愛人が妊娠したと聞かされてもさほど驚かなかった。愛人はまだ三十歳そこそこだという。いつも気丈な姑から「どうしても跡継ぎが欲しいの。あの人なら若いし、これから何人でも産んでくれる。どうか別れてやって」と、頭を下げられた時、何も言えなかった。早映子自身、もっともな話だと思えた。

重苦しい記憶を振り払うように、早映子は話題を変えた。

「ねえ、お酒はやめたの？　私ひとりが飲むのは何だか気がひけるわ」

すでに早映子のグラスは空いている。

「長年の不摂生がたたって、ここのところ酒は断ってるんだ。だけど今夜はいいか。ひさしぶりの再会だ。俺も白ワインをもらうよ」

靖幸は手を挙げて、係の者に白ワインをふたつ注文した。運ばれて来たグラスを傾けて靖幸が「うまいなぁ」と、しみじみ言うので笑ってしまった。せいぜい一杯八百円程度のハウスワインだ。

「飲むのはひさしぶりだからな」と、照れたように言ってから、靖幸が改めて顔を向けた。

「シロのこと、覚えているかい？」

返事の代わりに早映子はグラスを戻した。

「あいつ、二十歳まで生きたんだよ。仕事で家を空けがちだったけど、いつも文句も言わず待っていてくれた。離婚してからもずっと一緒だった。あいつがいてくれたから、ひとりでやって来られたってところもあるだろうな」

過去が再び鮮明な輪郭を持って蘇《よみがえ》って来る。

シロは靖幸が拾って来た猫だ。まだ生後間もない、漆黒の瞳を持つ愛嬌のある猫だった。靖幸から手渡された時は心が弾んだ。生き物を飼うのはふたりの将来に繋がる証（あかし）のように思えた。

早映子はシロを可愛がった。エサに気を付け、毎日丁寧にブラッシングしてやり、調子の悪い時はすぐさま動物病院へと走った。靖幸よりどれほど面倒をみただろう。

別れる時、シロを渡すつもりはなかった。それなのに靖幸が部屋を出てゆく日、シロは彼から離れようとしなかった。早映子が抱えても、身体をくねらせて逃れようとする。そんな様子を見兼ねたように「俺が連れてゆく」と靖幸はシロを早映子から取り上げた。

靖幸に抱かれると、安心したようにシロは喉を鳴らした。

あんなに可愛がったのに、あんなに面倒をみたのに、靖幸の方がいいの？

その落胆は靖幸への憤りと相まって早映子を打ちのめした。

愛した者はみんな去ってゆく。私を置いてきぼりにする。それが早映子の心を竦ませる。

グラスが空いて、更に互いに赤ワインを注文した。

「シロが死んでから、すぐに黒猫を拾ってね。そいつにもシロって名前を付けたから、よく笑われたよ」

「今も飼ってるの？」

「ああ、三代目のシロをね。雑模様なんだけどやっぱり名前はシロにした。六歳かな。

もう猫のいない暮らしが考えられなくてね」

「猫とのふたり暮らしも気楽でしょうね」

「そうなんだけど、会社を辞めて奥多摩《おくたま》に引っ越して、そこでは飼えないから、今は近くのペットショップで預かってもらってるんだ」

早映子は瞬く間に寒々しい思いに包まれた。

「猫がいるのに、どうしてペットの飼えない部屋になんて引っ越したの？」

責める口調になった。

「うん、まあ、ちょっと事情があってね」

「大事な猫をペットショップに預けるなんて、よくそんな残酷なことができるわね」

腹立たしかった。靖幸はやはりこういう男なのだ。自分の都合のためなら、一緒に暮らして来た猫を簡単にペットショップに預けてしまう。猫のいない暮らしが考えられない？　かつて早映子にも同じことを言った。「君のいない人生なんて考えられない」

嘘つき。

早映子は胸の中で毒づく。

「そのことは申し訳ないと思ってるよ」

靖幸が目を伏せる。ダウンライトのせいか顔から血の気がひいているように見える。

早映子の気持ちはすっかり白けていた。懐かしさについ誘いを受けてしまったが、やはり来なければよかったと後悔した。わざとらしく腕時計に目をやると、九時半を回っていた。

「私、明日も仕事があるから、そろそろ失礼しなくちゃ」

靖幸の表情も曇っている。

「そうか、そうだな。来てくれてありがとう。今日は会えて嬉しかった。あの……今更だけど、あの時は本当にすまなかった。君を傷つけてしまったことをとても後悔しているよ」

靖幸はそう言って、深々と頭を下げた。困惑しながら、早映子は硬い口調で返した。

「そんなことを言うためにわざわざ軽井沢まで来たの？　私はあれでよかったって思ってる」

「そうか」

「そうよ。だからこうして念願の自分の店も持てたんだもの」

「確かにそうだ」

「じゃあね、お元気で」

椅子から立ち上がって、背中を向けた時だった。背後で大きな音がした。振り返った瞬間、息を呑んだ。そこには床に倒れた靖幸の姿があった。

早映子は今、救急病院にいる。

靖幸が眠るベッドの脇で、丸椅子に座ってぼんやりしている。ついさっき医者から聞かされた言葉が頭の中をぐるぐる回っている。

「飲酒での血圧の変化による軽い脳貧血の状態ですね。今晩はこちらでお休みになった方がよろしいでしょう」

医者には「身内の者です」と伝えていた。

「もう、ご本人は覚悟をなさっているようですし、処方薬もお持ちでしたので、点滴以外、これといった処置はしませんでした。残りの時間を楽しく過ごすことも大切ですが、あまり無理はなさらないように。このような状態ですので急変がないとは限りません。何かありましたらすぐにナースコールしてください」

「はい、お世話になります」

早映子はベッドで眠る靖幸の顔を眺めた。

頬はこけ、唇には血の気がなく、皮膚は淀んだ色をしている。こうして見れば、年齢だけではない悲愴《ひそう》さが靖幸全体を包み込んでいるのがわかる。そして医者が口にした、残りの時間、という言葉。それが何を意味するのか、察せられないわけがない。

やがて、靖幸が薄く目を開けた。

「具合はどう？　苦しくない？」

早映子はそっと顔を覗き込んだ。

「大丈夫だ、迷惑かけて悪かったね」

答える靖幸の声は弱々しい。

「謝るのは私の方よ、ワインを無理やり勧めたりしてごめんなさい」

「無理やりじゃないさ。俺が飲みたかったんだ。うまかったよ、とても」

早映子は口籠る。不安と恐怖が入り混じった思いが心を激しく揺り動かしている。そんな早映子の動揺を靖幸は感じ取ったようだった。

「もうわかってると思うけど、実は病気をしていてね」

「ええ……」

「君を面倒に巻き込んでしまって申し訳ない。自分が不甲斐《ふがい》ないよ」

「そんなことないわ」

「診察を受けた時はもう末期だったんだ。肝臓なんだけど、手の施しようがないと言われてね」

心臓を鷲摑《わしづか》みにされたような痛みが走る。靖幸は口にしたことで、むしろホッとしたようだった。

「さすがに告知された時はショックだったたし、何で俺がって不運を呪いもした。でも、世の中には自分の力ではどうしようもないことがあるってことを、ようやく受け入れる覚悟ができたんだ。それで会社を辞めて、今までやれなかったことをやることにした」

「奥多摩に引っ越したのも？」

「評判のいいホスピスを紹介してもらってね」

「……だからシロを連れて行けなかったのね」

早映子は唇を噛む。

「シロには悪いことをしたと思ってるよ。でも病院に近いペットショップだから、会いに行こうと思えばいつでも行ける。頼めば連れて来てもくれるしね。まあ、それはシロのためというより俺のためなんだけど」

「私ったら、何も知らずにひどいことを言って……」

「俺もあの時、君にひどいことを言った」

言葉が途切れて、静寂がふたりの間に横たわる。夜が濃く深く満ちてゆく。早映子は目を伏せた。靖幸の顔を見るのが怖かった。

「残された時間を考えた時、どうしても君に謝っておきたいと思ったんだ。これも俺の身勝手で、君にとっては迷惑な話だろうけれど」

「そんなことない。もういいのよ。あの頃はあなたも私も若かったのよ」

「若さのせいにしてしまうのは少し卑怯《ひきょう》な気もするよ」

「でも、もう私たち、いろんな過ちを若さのせいにしても許される年代になったんじゃないかしら」

　靖幸がわずかに頬を緩めた。

「うん、そうか。そうだね、そうしておこう」

「眠って。私、ここにいるから」

「ありがとう、そうするよ」

　靖幸は静かに目を閉じた。

　靖幸のベッドにもたれているうちに、早映子も眠ってしまったらしい。夢と呼ぶにはあまりにも断片的な映像が、次から次へと現れては消えて行った。

　息子の諒、かつての夫、姑、シロ、そして若い頃の靖幸——。

　目が覚めると、靖幸は窓際に立って、外の景色を眺めていた。

「やだ、すっかり眠っちゃって」

　早映子は慌てて身体を起こした。

「浅間山《あさまやま》が綺麗だ」

　残秋の中、冠雪した浅間山が朝の光を浴びて凛《りん》と聳《そび》えている。靖幸は食い入るようにしばらく無言で見つめていたが、やがてゆっくりと振り返った。

「いろいろ世話になって申し訳なかった。これから東京に戻るよ」

「それなら私も一緒に行く」

こんな身体の靖幸をひとりで帰すわけにはいかない。

「俺は大丈夫だから」

「私がそうしたいの。ちょっと用事を済ませて来るから、少し待っていてくれない？ホテルはどこだったかしら。荷物も取って来なくちゃね」

靖幸が小さく頷いた。

「そうか、悪いけど頼まれてもらおうか」

そう言ってロッカーの服から財布を手にした。

「支払いもお願いするよ。そうだ、昨夜のレストランは」

「いいの、気にしないで」

「それはいけない、受け取ってもらわないと困る」

「わかったわ、じゃあそうさせてもらいます。お昼前には戻って来るから」

早映子は財布を受け取ると、病院前のタクシー乗り場へと急いだ。

家に戻ってすぐに着替え、顔を洗ってざっと化粧をした。車を出して靖幸の泊まっていたホテルに行き、荷物の受け取りと精算を済ませた。それから店に寄ってフラワー教室の花材を選び、後を寛子に任せる。その足で昨夜のレストランに出向いて世話になったお礼を述べ、その後、病院に戻って来た。その時にはもう、靖幸は準備を整えていた。

ふたりが新幹線に乗り込んだのは、午後一時を少し過ぎた頃である。

上りの長野新幹線は、こんな時期でも席は意外に埋まっていた。

安中榛名《あんなかはるな》駅を過ぎたところで、車内販売のワゴンが近づいて来た。

「何か飲む？」

「じゃあ、水をもらおうか」

早映子は手を挙げて販売員を呼び止めた。

渡したペットボトルに靖幸が口を付けると、窓から差し込む光に痩せた頰が露になった。早映子は気づかれないよう小さく息を吐く。もう長くない命という現実が改めて迫って来る。

「実はまだ、両親には何も話してなくてね」と不意に、靖幸が言った。

「この間、一緒に温泉に行った時に話そうと思ったんだけど、八十半ば過ぎのふたりが子供みたいにはしゃいでいる姿を見たら、どうしても言い出せなかった」

「そう……」

「思い返せば、親孝行なんてまったくしなかったな。東京に出て来てからは年に一度帰省すればいい方で、三年ぐらい顔を出さない時もあった。今更だけど親不孝な息子だったと思うよ。ましてや、親より先に死ぬなんて、これ以上の親不孝者はないだろうな」

口調はからっとしていても、その胸中を思うとどう答えていいのかわからない。戸惑う早映子に、靖幸がゆっくりと顔を向けた。

「どうしてこんな話をしたかと言うと、昨夜、君から聞いた息子さんのことが気にかかっていたからなんだ。他人からとやかく言われたくないのはわかる。でも、今の俺なら言ってもいいんじゃないかと思ってね。息子さんと縁を切ったままなんて、本当にそれでいいのか？」

早映子は手にしたペットボトルを握り締めた。

「だって、仕方ないもの」

「どんな事情があったにしろ、関係を修復するチャンスはあるんじゃないか。立場は逆だけれど、俺みたいに手遅れになる前にできることがきっとあるはずだ」

早映子は膝に目線を落とし、小さく首を振った。

「違うの」

「え？」

「昨夜は私が縁を切ったように言ったけれど、本当はそうじゃないの。私が縁を切られたの」

靖幸が困惑している。

「私、息子にひどいことを言ったの。あの子のすべてを否定した。どんなに傷つけてしまったか、後悔してもしきれない……。あの子は決して私を許さない」

「何があったんだ」

靖幸の声に、早映子は視線を過去へと滑らせた。

――諒の二十歳の誕生日。

その日、早映子は腕によりをかけて料理を作った。家族四人でのお祝いの夕食だった。肉を焼き、サラダを盛り、諒の好きなグラタンや茶碗蒸しをいそいそとテーブルに並べた。

一人息子というせいもある。成人した諒の姿が母親として誇らしく、嬉しく、また眩しく映った。夫は上機嫌でビールを飲んでいる。姑も「立派な跡継ぎがいてくれるから、もういつお迎えが来てもいいわ。でもひ孫の顔は見たいわねえ」と、目を細めている。

諒はあまり喋らなかった。二十歳にもなれば、家族との誕生祝いなんて照れ臭いのだろう。

食事が終わって、これも諒が子供の頃から好きなタルトタタンにナイフを入れた時だった。

「話があるんだ」と、諒が緊張気味に言った。早映子は切り分けたタルトタタンの皿をそれぞれの前に置いて、椅子に腰を下ろした。

「改まって何なの」

今まで育ててくれてありがとう……そんな言葉があったらどうしよう。嬉しくて泣いてしまうかもしれない。

「子供の頃からずっと思ってた。僕はどうしてこんな身体なんだろうって」

「身体？」

すぐに思ったのは、諒が男の割に背が低めなことだった。けれども劣等感を持つほどではないはずだ。

「私に似ちゃったのね。でも、まだ二十歳なんだもの、今からだって伸びるわよ」

そうじゃないんだ、と諒は首を振った。

「どう言えばいいんだろう。男であることが辛いんだ。僕の身体は男だけれど、本当は男じゃないんだ……」

三人は目をしばたたいた。

「性同一性障害って聞いたことがあると思う。僕はそれなんだ。意識し始めてから、いろんなことを考えてきた。告白したらみんなを傷つけることもわかってた。でも、ごめん。もう自分に嘘をついて生きたくないんだ。本来の姿を取り戻したいんだ」

意味がわからない。夫と姑は呆けたように諒を見つめている。早映子も瞬きすることさえ忘れていた。

「諒、何を言ってるんだ。冗談のつもりか？　笑えないぞ」

声を上げたのは夫だ。

「受け入れられないのは当然だと思う。でも、僕はこれから女として生きてゆく。だから身体を変えることを認めて欲しい」

「おまえ、いったいどうしたんだ」

夫の声が震えている。

「もう、決めたんだ」

「馬鹿を言うな！　そんなこと認められるか。頭を冷やせ！」

夫は激昂《げっこう》し、同時に動揺を隠しきれない様子で、肩を怒らせながら席を立って行った。おろおろしていた姑も、言葉を見つけられないまま、肩を落として自宅に帰って行った。

その夜はただ混乱するばかりで、どう対応していいのかわからなかった。諒の告白が実感として受け止められず、悪い夢でも見ているようだった。

しかし翌朝、朝食の席に諒が現れた時、現実を知ることになる。いつの間にそんな服を持っていたのか、どこで化粧品を揃えたのか、諒は女物のワンピースを着、口紅を付けていた。早映子は驚きのあまり味噌汁の入った椀《わん》を落とし、夫は身体を震わせて「気持ち悪い真似をするな」と、新聞紙をテーブルに叩《たた》きつけた。

その日から、当たり前だった暮らしが一変した。夫は「俺の息子がオカマだっていうのか」と落胆のあまり塞ぎ込み、姑は「育て方に問題があったのよ」と、早映子を責めた。

諒と話し合った。いや、話し合ったというより、早映子が一方的に言葉を連ねただけである。

「あなたは何か勘違いしているの。自分で思い込んでいるだけ。今は難しい時代だもの、気持ちが不安定になることだってあるわ。あなたが女だなんて、そんなはずないじゃない。どう見たってあなたは立派な男よ。身体の具合が悪いのなら、お医者さんに診てもらいましょう」

諒は冷静だった。

「もうカウンセリングは受けた。診断書ももらっている。失望させて申し訳ないけど、女として生きてゆこうって気持ちは変わらない。お金を貯《た》めて、これから身体も少しずつ変えてゆくつもりだから」

早映子は思わず身震いした。

「身体を変えるなんて、そんな恐ろしいことを言わないでちょうだい。そんなことしたら取り返しがつかなくなってしまう。諒、女の子とちゃんと付き合ったことはあるの？ないんでしょ？　だからわからないのよ。風俗とか、そういうところでもいいから経験してみたら。そうしたらきっと自分が男だってことに納得できるから」

諒は眉を顰めて首を振った。その表情に軽蔑が見えて、早映子は硬直した。幼い頃の諒の姿が脳裏をかすめてゆく。大事に育てて来た。何不自由なく過ごさせた。いったい何が諒をこんなふうに変えてしまったのか。

「僕は家を出る」

「諒……」

「自分に正直に生きるのは、ここでは無理だってわかったから」

そう言って出てゆく諒の背中に、早映子は叫んだのだ。

「あなたは私の産んだ子じゃない！」


「後悔しているんだね」

早映子は目を伏せる。

「ええ、とても。あの時は自分のことしか考えていなかった。世間体とか夫や姑の顔色ばかり気にして、あの子の気持ちを少しも汲《く》んでやれなかったの。いちばん辛い思いをしていたのはあの子なのに」

「そうだね」

「今もはっきりと覚えている。私に向けた目に絶望が張り付いていたことを。私、何てひどいことを言ってしまったんだろう」

車内にアナウンスが流れた。じきに東京駅に着く。早映子は居住まいを正した。

「こんな話をしてごめんなさい。あなたが大変な時なのに」

「息子さんは今、どこにいるのか知ってるのか?」

「高校時代に友達だった子から聞いてるわ。渋谷《しぶや》の婦人服の店で働いているんですって」

「だったら行こう」

早映子は思わず顔を向けた。

「無理よ、息子が私を許すはずがない」

「君は、今の気持ちを息子さんに伝えるべきだよ。それは君のためじゃない。息子さんのためにそうすべきだ」

渋谷は相変わらず若者たちで賑わっていた。聞いた情報を頼りに辿《たど》り着いたのは、公園通りのビルにある小さなインポート・ショップだった。靖幸の言葉に促され、ここまで来たものの、迷いは拭えない。

「俺は近くの喫茶店で待っているから」

「私……怖い」

「でも、行かなきゃ」

靖幸の言葉に背中を押されるようにして、早映子は店のドアに手を掛けた。

「いらっしゃいませ」と弾むような声があった。振り返った女性は、シンプルなシャツにダウンベストを羽織っている。デニムの短いスカートから形のいい足が伸びていた。

早映子の顔を見たとたん、彼女の表情が強張った。

「かあさん……」

「諒、ひさしぶり」

早映子はぎこちなく笑顔を作った。緊張のせいで声が掠れている。

「どうしてここに」

諒が戸惑っている。背中にかかる長い髪。整えられた眉、アイラインとマスカラ、控えめな色合いの口紅。耳には小さなピアスが揺れている。胸は膨らみ、身体全体が柔らかいラインに包まれている。それでも、そこにいるのは間違いなく諒だった。

「元気そうでよかった」

「かあさんも……」

「驚いた、とっても綺麗よ」

諒が照れ臭そうに笑った。その仕草は女性そのものだった。同時に、男という性から解放された姿が、早映子の目に生き生きと映った。

「あなたに謝らなくちゃってずっと思ってた。それなのに勇気がなくて、こんなに時間がたってしまった。ごめんなさい、諒。あの時あんなひどいことを言って」

諒は首を横に振る。

「ううん、謝るのは私の方。とうさんと離婚することになったのも私のせい。私はみんなの人生を滅茶苦茶《めちゃくちゃ》にしてしまった」

「違う、離婚はかあさんととうさんの問題で、あなたには何の責任もない」

「でも……」

「これだけは言わせて。あなたが男であろうと女であろうと関係ない。私が産んだ大切な子、そのことだけはちゃんと伝えておきたかったの」

早映子は涙ぐむ。諒の目からもみるみる涙が溢れ出た。


「あなたのおかげよ。もし、あなたと会わなかったら、私は一生、あの子と向き合う勇気はなかった」

「俺にもまだ何かできることがあったというだけで嬉しいよ」

早映子は今、靖幸とふたり、目黒川《めぐろがわ》にかかる南部橋《なんぶばし》に立っている。あの頃、このすぐ近くのアパートで暮らしていた。靖幸が見に行かないかと誘ったのだ。

「悪かったね、こんな所にまで付き合わせて」

「ううん、懐かしい。この辺りもずいぶん変わったわ。三十年以上も前だもの、当然よね」

アパートは低層階のマンションに建て替えられていた。ふたりでよく通った喫茶店も、居酒屋も、本屋も、もうない。

「でも、この橋だけはあの頃のまま」

「うん、この橋を通ってよく散歩したよな」

晩秋の日暮れは早い。夕方五時を過ぎたばかりというのに、辺りはすっかり夜の気配に包まれている。

背後を、若いカップルが寄り添うように通り過ぎて行った。かつての自分たちと同じくらいの年だろうか。屈託ない笑い声が、川のせせらぎとひとつになって流れてゆく。

「どうしてだろう……」

靖幸が自問するように呟いた。

「どうして俺はあの時、人生を決めることにあんなに怯《おび》えていたんだろう」

「私は、人生が決まらないことに怯えてた」

「生きることに自信がなかったんだ」

「私もそうよ」

そして、ふたりはようやく気づくのだ。あの時、自分たちは同じ不安の中にいたということに――。

それでも相手を傷つけることでしか、自分を守れなかった。それが若さというのなら、なんて見当違いの鎧《よろい》を纏って戦っていたのだろう。

足元に風が吹いて、枯葉を舞い上げてゆく。

「寒くない?」

「平気だよ。もう少しこうしていたいんだけど、いいかな」

「ええ、私もそうしたい」

春になれば川の両岸を華やかに埋める桜の木も、今は剝《む》き出しの枝が凍えるように揺れている。

「君はよく言っていたね、桜の散り際が好きだって」

「潔さに惹かれるの」

「今はよくわかるよ。俺もそうありたい」

欄干に乗せた靖幸の手が小刻みに震えている。それは寒さのせいばかりでないのはわかっている。早映子はその手に自分の手を重ねた。

靖幸が顔を向けた。透明な瞳の奥に、怯えと怖《おそ》れが張り付いていた。

「私にできることはない?」

「君に会えた。それで十分だよ」

ふたりの眼差しが融《と》け合う。そして、そうすることが当然のように口づけを交わした。

靖幸の匂いが身体の中に満ちてゆく。三十年あまりたった今も、その匂いを忘れていない自分に早映子は小さな感動を覚えた。あの時、靖幸を憎むことで奮い立とうとしていた自分に言ってやりたい。人生には思いがけない結末が待っているということを。

唇を離して、早映子は靖幸の胸に顔を埋めた。

「何にもできないなんて、自分が口惜《くや》しい」

「もし……」靖幸が躊躇《ためら》いがちに言った。

「もし、我儘《わがまま》をきいてもらえるなら、ひとつだけ頼みたいことがある」

「何？」

早映子は靖幸を見上げる。

「俺にその時が来たら、シロを引き取ってもらえないか」

「え……」

「もう猫はいやか」

「ううん、そんなことない……いいわ、わかった、任せておいて」

「ありがとう。これでもう心残りはないよ」

「でも、ゆっくりね。ずっとずっと先でいい。少しでも長くあなたとシロが過ごせるよう祈ってるから」

「ああ、そうしよう」

それから靖幸は川岸に目をやった。

「来年、桜を見られるかな」

「ええ、きっと見られる。その時は一緒にまたここに来ましょうよ」

「そうだな」

川面《かわも》に映る街の明かりが儚《はかな》げに揺れていた。


年末を慌ただしく過ごした。

最近はクリスマス、お正月と軽井沢で過ごす人も増えたようで、レストランやホテルから飾り花の依頼も多くなった。リースや松飾り、プリザーブドフラワーの注文もある。朝から晩まで制作と配達、発送に追われた。

大晦日《おおみそか》には、ひさしぶりにお節料理を手作りした。諒から元旦に遊びに行くと連絡があったからだ。驚いたことに恋人を連れて来た。外国人の彼はジョーク好きで、早映子を何度も笑わせてくれた。諒の事情を知っていても少しも気にしていないようだった。

軽井沢に来てからずっとひとりで過ごして来た。それはそれで気楽な暮らしだと思っていたが、こうして娘になった諒と過ごせる時間もまたかけがえのない喜びだった。

二月に入って、軽井沢はもっとも寒い時期を迎えた。一日中零度を下回る真冬日が続き、空気は氷のように冷たい。それでも凛と冴《さ》え渡る風景は息を呑むほどに美しい。

その日の午後、早映子はフラワー教室で生徒たちに教えていた。色彩の少ない今の季節だからこそ華やかで温かみのある花を選んだ。アネモネ、ダリア、シンビジューム。そこにユキヤナギとツバキの葉を使う。生徒たちのお喋りがかまびすしい。けれども早映子にとっては心和む時間でもある。

その時、階下から声が掛かった。

「早映子さん、お客さまがいらっしゃってます」

「はあい」

早映子は階下に降りて行った。そこにキャリーバッグを抱えた女性が立っていて、足を止めた。早映子は息を整えて女性の前へと進んで行った。

「お預かりしてきました」

女性がキャリーバッグを開ける。現れたのは雉猫だ。猫は不安そうにじっと早映子を見つめている。

手渡されると、早映子の腕の中にしなやかな重さが満ちていった。

「よろしくお願いします、とのことでした」

「そうですか……。ありがとうございました」

猫を抱き締めたまま、早映子は頭を下げる。そしてその柔らかな毛の中に顔を埋めた。

「おかえり、シロ」

かすかに靖幸の匂いがした。

約束の橋

散歩に出て驚いた。

こんな近くに川が流れているなんて、ちっとも知らなかった。幅は二十メートルほど、水は川底の石がはっきり見えるほど澄んでいる。日差しを浴びて水面《みなも》が白く輝き、柔らかなせせらぎが耳に心地いい。

周りは身体が隠れてしまうくらいの雑草が茂っている。川沿いは土と小石が混ざった道が続き、その風景はどこか懐かしさに繋がって、幸乃《ゆきの》はほっと息を吐いた。

東京郊外とはいえ、住んでいる部屋の窓からは、バスや大型トラックが行き来する幹線道路が眺められる。騒音が小刻みに身体に伝わり、排気ガスのせいか空は霞《かすみ》がかかったようにぼんやりしている。けれど、この川べりは煩わしい雑音もなく、見上げる空は目に沁《し》みるほど青い。

こんな気持ちのいい場所があるなら、もっと早く来ればよかった。

引っ越して三か月あまり。毎日バタバタ過ごすばかりで、ゆっくり散歩する時間もなかった。

幸乃が生まれ育った北関東の田舎町にも、近くに似たような川が流れていた。

幼い頃、学校から帰ると近所の子や年子の弟と連れ立って、川に走ったものだった。水浴びはもちろん、笹舟《ささぶね》を作って流したり、タモ網を使って小魚や川エビを獲《と》ったり、水面に何回石を跳ばせるかを競ったりと、暗くなるまで夢中で遊んだ。ごくまれにサイレンが鳴る。そんな時は大人が飛んできて「早く上がれ」と怒鳴った。上流でダムの放水が始まるのだ。みんな慌てて土手まで走り、水嵩《みずかさ》が増えてゆくのを眺めていた。

河原で綺麗な石を見つけることもあった。半透明の薄桃色や橙色《だいだいいろ》をしている石は宝石のように見えたが、母から「河原の石は拾ってきたらいかん」と言われていた。「川の石には山奥で死んだ人や動物の念が籠っているから」だそうだ。そう言われるとやはり怖くて、持ち帰ることはできなかった。

下流に向かって歩きながら、ふと目を上げると、十メートルほど先に猫が一匹座っていた。サビ猫で、額の真ん中に丸く黒い模様が付いている。幸乃は思わず声を上げた。

「マル！」

猫は前足を揃え、少し首を傾げて、幸乃をじっと見つめている。

「いやだ、そんなわけないわよね。でも、本当によく似てる」

綺麗な石の代わりに拾ったもの、それがマルだった。

いつものように川で遊んでいた時だ。木箱が流れて来た。中からにゃあにゃあとか細い声が聞こえて、思わず箱を追っていた。ようやく瀞《とろ》に入ったところで引き寄せると、中にはずぶ濡れの子猫がいた。

子猫は幸乃を見上げると、身体を震わせながらひときわ大きく鳴いた。思わず抱き上げた時の、必死にしがみ付いてきた爪の感触を今もよく覚えている。愛《いと》しいという言葉は知らなくても、それは確かに愛しさだった。あれは小学校二年生の時だから、もう七十年以上も前の話になる。

家に連れて帰ったが、すぐには飼うのを許されなかった。実家は畑と田圃《たんぼ》に囲まれた田舎町で、周りには当たり前のように野良猫がいた。猫とはそういう存在だった。

けれども幸乃は食い下がった。

「飼いたい、どうしても飼いたい」

しぶしぶながらも折れたのは、どうせすぐ野良と同じになると、両親も踏んだのだろう。

弱っていたマルは最初こそ重湯しか口にしなかったが、じきに味噌汁をかけたごはんを食べ始め、週に二度軽トラで来る魚屋さんから魚の頭や尻尾や骨をもらうようになると、毛並みに艶が出て身体もぐんと大きくなった。

その頃にはもう、マルはしょっちゅう外に遊びに出るようになった。両親が言った通り、野良猫と同じになった。

けれども、学校から帰って来る幸乃を、マルはいつも玄関先で待っていた。ただいま、と声を掛けると、目を細めてにゃあと鳴く。抱き上げると香ばしい匂いが鼻の奥に広がった。幸乃は顔を擦《こす》り付けるようにして嗅ぐ。その匂いが大好きだった。

ごはんを食べると、マルはまた外に出てゆく。それでも夜になり、窓を開けて「マル」と呼べば、暗い中から駆け寄って来る。そして幸乃の布団に潜り込む。一緒に寝るのは幸乃だけだ。まるで自分を救ってくれた恩義を感じているように、マルは幸乃に寄り添うのだった。

幸乃は寝床で、今日一日にあったことをマルに話す。それは中学校に入り、高校を卒業し、地元の信用金庫に勤めるようになっても変わらなかった。マルは幸乃の愚痴も弱音も涙もみんな知っていた。マルは確かに幸乃の猫だった。

マルは何度か子猫を産んだ。貰い手を探す間もなく、子猫を咥《くわ》えてあちこちに移動し、自分で育てた。子猫たちは当然のように野良になり、逞しく生きていた。

マルは十二年生きた。死ぬ半年ほど前から、食べる量がめっきり減り、毛はくすみ、目が白く濁り始めた。外に出ることもなくなり、夜となく昼となく茶の間の座布団の上で身体を丸めていた。動物病院など近くにない時代だ。ただただ日に日に小さくなってゆくマルを、幸乃はため息をつきながら眺めるだけだった。

日中、誰も知らぬ間にマルはひっそり息を引き取った。幸乃は泣いた。父が庭の隅に埋めた後も、長く寂しさと喪失感に包まれ、夜になると布団の中で無意識にマルのぬくもりを探し続けた。

今思えば、マルと一緒に暮らしたあの年月が、人生でいちばん幸せだったように思う。子供なりに、少女なりに、娘なりに、泣いたり悩んだり傷ついたこともあるが、それは不幸や不運とはまったく別のものだった。人生を疑っていなかった。

幸乃はふと我に返った。

年のせいか、最近、昔のことがよく思い出される。昨日のことは忘れても、過去は時間も距離も超えて、濃い輪郭を持って蘇る。

気が付くと、さっきまでいたマルに似た猫は見えない。

さあ、そろそろ帰ろうかね。

と、引き返そうとした時、下流に橋が見えた。緩やかな曲線を描いた古い木造の橋である。

あら、珍しい。あんな橋、最近じゃ見なくなったわねぇ。

もっと近くで見てみたい、そんな好奇心が湧いた。それくらいの距離なら行けそうだ。

幸乃は再び歩き始めた。

しばらく進むと、道の少し先に動くものを見つけて目を凝らした。今度は鯖《さば》トラだ。

足が悪いのか、歩き方がぎこちない。毛色は白と灰色で、黒い縞が入っている。

あらあら、今度はタロウに似てる。

幸乃は苦笑した。


タロウは嫁ぎ先で出会った猫である。

信用金庫に勤めていた二十一歳の時、見合い話が持ち上がった。隣町の広い田畑を持つ農家の長男で、本人は東京の大学を出て県庁に勤めていた。

七歳上のその人と会った時、幸乃の胸は高鳴った。言葉遣いも仕草も都会の雰囲気を纏っていて、はにかむような表情は優しさに満ちていた。田舎しか知らない幸乃にとって、まるで別世界に住む王子さまのように映った。

それまで娘らしいときめきを持った相手はいる。けれども所詮はそれだけのことだった。恋愛や男女交際は、小説や音楽と同じく想像の中での出来事でしかなかった。

こんな素敵な人が自分など相手にするはずがない、断られるに決まっている、そう思っていたが、どういうわけか話はとんとん拍子にまとまり、半年後には結婚式を挙げた。両親は手放しで喜んだ。職場や近所の人からも玉《たま》の輿《こし》と羨ましがられた。

新居は嫁ぎ先の離れの二間で、家族は舅姑と祖父母と幸乃たち夫婦の六人である。家のことはすべて任された。舅姑と祖父母は朝早くから畑に出るので、五時前には起きて朝食の準備をする。次に夫の朝食の支度をし、弁当を作る。みなを送り出してから片付けと洗濯、掃除。それが終われば幸乃も畑に出る。朝から晩まで息つく暇もなかったが、苦労だなんて少しも思わなかった。実家も兼業農家で農作業には慣れていたし、何よりこんな立派な夫の妻になれたことが嬉しかった。

タロウは飼い猫ではなく、嫁ぎ先に以前から住み着いていた野良猫である。納屋や縁の下に潜り込んで暮らしていたが、追い払われなかったのは畑を荒らす野ネズミやモグラを狩るからで、農家にとっては都合がよかったのだろう。

当然ながら名前はなく、タロウと名付けたのは幸乃だ。牡猫だからタロウ。

日中、タロウはよく花畑の中にいた。四肢を伸ばし、のんびり日向ぼっこをしている。その無防備な姿も愛らしいが、片足をピンと上げて毛繕いをしたり、虫を追って飛び跳ねたりする姿も茶目っ気があって、見ていて飽きなかった。タロウの存在は、慣れない生活に四苦八苦する幸乃の気持ちをほぐしてくれた。

けれどもタロウはなかなか懐いてくれなかった。幸乃を見ると警戒心に満ちた目で耳を後ろに倒し、尻尾をぼっと膨らませた。それでも幸乃はタロウに近づきたかった。マルが逝ってから、猫と触れ合う機会はすっかりなくなっていた。

根気よくおかずの残りを持って庭に出るうちに、少しずつ心を開いてくれたようである。いつしか幸乃が外に出ると、どこからともなく現れるようになった。それから一気に距離が縮まって、やがて幸乃の足に身体をこすりつけるようになり、抱き上げるのを拒まなくなり、それどころか目を細め、腕の中でごろごろ喉を鳴らした。幸乃はタロウの身体に顔を埋め、思う存分、あの香ばしい匂いを吸い込んだ。猫の匂いにはきっと魔力がある。身体の奥底の強張りがゆるゆる解けてゆくようだった。

幸乃にしたらタロウを家に入れたいのだが、餌を与えていることさえ舅姑はいい顔をしなかった。お腹が満たされると狩りをしなくなるからだ。夫にも話してみたが「不潔だ」のひと言で片付けられた。

それでも夫や家族の目がない時、幸乃はこっそりタロウを部屋に上げた。撫でたりじゃれたりしているだけでホッとした。タロウと過ごす時間が何よりの楽しみだった。

何ということのない毎日、決まりきった暮らし。でも、それでよかった。それが幸せなのだと信じていた。けれども、幸乃の思う幸せはそう長くは続かなかった。

結婚して半年ほど経った頃、仕事場で嫌なことでもあったのか、夕食時、夫は不機嫌そうな顔つきで黙り込んでいた。夫に気難しいところがあるのは、幸乃も気づくようになっていた。いったん臍《へそ》を曲げると、一週間くらい口をきかず、幸乃を無視する。怒らせてはいけないと気遣っているつもりだが、何が原因なのかわからない時もある。

台所仕事を終え、風呂から上がって、離れに戻って来た時だ。いきなり鞄《かばん》が飛んで来た。夫がいつも通勤に使っている頑丈な革製の鞄である。突然のことで、何が起きたのかわからなかった。

「寝巻が出ていない」

それが夫の言い分だった。

「すみません、すぐに出します」

幸乃は慌てて用意した。

その日が境だったように思う。何かのタガがはずれたように、夫は変化していった。物を投げ付けることから始まった行為は、徐々にエスカレートし、やがて頰をはたいたり、身体を足で蹴るといった暴力に変わった。

俺を怒らせるおまえが悪い。

夫の理屈はそこに集約する。そこにはもうお見合いで初めて顔を合わせた時の、あのはにかむような優しい表情はどこにもなかった。

舅姑は気づいていたはずである。幸乃の腫れ上がった顔を見て気づかないはずはない。それでも何も言わなかった。夫は自慢の息子だった。東京の大学を出て、県庁に勤める優秀で親孝行な長男。認めるのが怖かったのかもしれない。

実家の母には打ち明けたが「男なんてそんなもの」と、諭された。「かあさんも、若い頃にはおとうさんに叩かれたものや」とも言われて、何も返せなくなった。舅姑同様、実家にとってもまた、幸乃の夫は誇るべき存在だった。

どうしたら夫を怒らせずに済むか、何度も自分に問うた。気遣いを怠らないよう必死に振るまった。でも、わからない。毎日びくびくしながら夫の機嫌を窺った。

周りが子供を期待しているのはわかっていた。それが長男の嫁としての務めであることも、幸乃自身が強く意識していた。だから、それからしばらくして妊娠がわかった時はどんなにほっとしただろう。舅姑はもちろん、実家も大喜びだった。さすがに夫の暴力も治まった。しかし四か月に入ったところで不正出血した。流産だった。

夫は「おまえの不注意だ」と、幸乃を責めた。舅姑の落胆ぶりもあからさまだった。失意が幸乃を包んでいた。体調はなかなか戻らず、長く微熱が続き、常に下腹に鈍痛があった。

次の妊娠が待たれてはいたが、その頃から幸乃にとって夫婦の営みは苦痛でしかなくなった。強いられるばかりの行為は、暴力とさして変わりなく思えた。

そんな幸乃にとって、タロウの存在だけが慰めだった。タロウを抱きながら、時々、涙を拭った。

あの夜のことをよく覚えている。開け放した縁側から淀んだ熱風が入り込んでいた。夜空には半分欠けた月が浮かび、部屋の隅で扇風機がカタカタと無機質な音をたてていた。

「おまえ、ここに猫を入れただろう」

夫が眉を顰めた。咄嗟《とっさ》に言葉が出なかった。丁寧に掃除をしたのに、どうしてわかってしまったのだろう。

「猫の小便のにおいがする」

「すみません」

畳に頭を擦り付けるように謝った。言い訳をすれば更に激昂するのはわかっている。

「どうしておまえは俺を怒らせるんだ」

叩かれる、と身構えた。そして実際叩かれた。平手打ちでなく拳だった。夫は仁王立ちになって、幸乃の顔を三発立て続けに殴った。

鼻の奥から熱いものが溢れて、畳に血がぽたぽたと落ちてゆく。しかし痛みより怖さの方が強かった。こうなったら嵐が過ぎ去るのを待つしかない。それは経験で知っていた。しかし、その夜の夫はいつにも増して苛立《いらだ》っていた。暴力は執拗《しつよう》に続いた。

その時だ、庭から何かが飛び込んで来て、夫の足に食らいついた。

わっ、と夫が声を上げた。

「なんだ、こいつ」

タロウだ。

夫はタロウを振り払おうとした。しかしタロウはしっかり爪を立てて放さない。夫の脛《すね》に血が滲んでゆく。

「この畜生が！」

夫は強引に足からタロウを引き剝がすと、縁側へと向かい、庭に叩きつけた。ぎゃっ、とタロウの悲鳴が聞こえた。

夫が振り向いて言った。

「今度猫を入れたら容赦しないからな。覚悟しろよ」

幸乃の耳に、その声が冷たく響いた。

翌朝、タロウの姿を求めて幸乃は家の周りを捜し回った。しかし花畑にも納屋にも縁の下にもいない。まだ警戒しているのだろうか。怪我をしてどこかに潜んでいるのだろうか。まさか息絶えてしまったなんてことは……。不安にかられながらタロウの名を呼び続けた。

見つけたのは里山に近い雑木林の中である。

「ああ、無事だったのね」

駆け寄ろうとするとタロウは後退《あとずさ》りした。幸乃を見つめる目にいつもの柔和さはまったくなかった。

そして言ったのだ。

「僕は行くよ」

確かにそう言った。

幸乃は息を呑んだ。

「もう、ここには戻らない。あなたはどうする？」

幸乃はただ立ち尽くした。そんな幸乃にタロウは背を向け、やがて片足を引き摺りながら雑木林の中に消えて行った。

あの頃の自分を思い出すと、今も舌の奥に苦いものが広がってゆく。世間知らずだった。無知だった。我慢を嫁の務めと思い込み、ひたすらに耐えた日々だった。それが自分の憶病さでしかないことに気づかなかった。

幸乃が家を出たのは、それからしばらく経ってからである。タロウを連れて行きたくて里山を捜し回ったが、結局見つけられなかった。それ以来、行方は知れない。

実家に戻ると、両親は戸惑いながらも、温かく迎え入れてくれた。母は後悔もあったのだろう、涙を浮かべて「もっと早く何とかしてやればよかった」と、うな垂れた。同居している弟夫婦も、それまで通りに接してくれた。

仲人が仲を取り持とうと躍起になり、何度も訪ねて来た。両親もまた内心ではそれを望んでいることも感じていた。それでも帰る気にはなれなかった。そこで待っている生活を想像するだけで身が竦んだ。あちらも面子《メンツ》があったのだろう、結局、三か月後には離婚が成立した。

それから半年近く、実家で家事や畑を手伝いながら暮らした。家では穏やかに過ごせたが、やはり近所の噂は耳に入って来る。狭い田舎町では、出戻り娘の存在は格好の話題になった。

東京に出るのを決心したのは、しかし、それが原因ではない。それくらいの覚悟はできていた。ただ、いつまでもこうして実家に厄介になっているわけにはいかないことも承知していた。そのためにも働きたいのだが、ここには働き口がないのだった。

両親は都会に娘をひとりで出すのをひどく不安がったが、幸乃の決心は変わらなかった。人生を変えたい、独り立ちしたい。結局、東京の遠縁のところにしばらく身を寄せることで、両親を説き伏せた。

上京すると、日本が高度経済成長期の真っ只中にあることを実感した。街は活気に溢れ、華やかな気配に満ちていた。とにかく早く仕事を見つけなければと、すぐさま公共職業安定所に足を運んだ。

仕事はそれなりにあった。何社か面接に向かい、最終的に決めたのは化粧品販売員である。何より女性相手の仕事であり、職場も女性ばかりだということに安心感があった。男に対する恐怖心のようなものが、まだ根深く幸乃を縛っていた。その上、寮が完備されているというのも大きな魅力だった。

幸乃は二十六歳になっていた。

浅瀬に入ったのか、川面に銀糸のような細く白い波が立っている。せせらぎが絶え間なく耳に届き、風がたおやかに頰を撫でる。草の匂いが鼻先をくすぐり、深呼吸すると、身体の隅々に安堵に似た感覚が広がっていった。

どのくらい時間がたったのだろう。ほんの十分のようにも、一時間のようにも思える。記憶と同様、最近、時間の感覚もうまく摑《つか》めなくなってきている。

橋まではまだしばらく距離がある。ここらで少し休憩しようかと、幸乃は適当な流木を見つけて腰を下ろした。散歩に出るのは久しぶりで、やはり少し疲れてしまったようである。

入社が決まり、研修を終えてから、先輩販売員に付いて町の化粧品店を回り始めた。一通りの経験を積んだ後、墨田《すみだ》区《く》にある二十店舗ほどを任されることになった。

あの頃、化粧品店は地元商店街にある薬局の一角に置かれていた。化粧水や乳液、コールドクリームといった手入れ用、白粉《おしろい》や口紅といった化粧品類を、補充し陳列するのが幸乃の仕事である。その他に月に一度、お客様に肌の手入れや化粧方法を手ほどきする実演会がある。それも大切な催しだ。

ただ日常的に接客するのは店の奥さんで、そのための気配りは欠かせなかった。他社との競合もあり、少しでも多くの注文をもらうために、景品や新製品のサンプル品は必ず持参し、時には自腹を切って手土産を持っていった。

仕事は性に合っていた。幸乃は毎日が楽しかった。たとえ遅い時間でも、注文があれば商品を届け、実演会を頼まれれば休みの日でも快く引き受けた。必要とあればお客様のお宅にまで直接商品を届けに伺うこともあった。労は惜しまなかった。花街のお姐《ねえ》さん方を紹介してくれた客がいて、置屋まで出向いたりもした。おかげで売り上げは好調だった。

瞬く間に二年が過ぎていった。販売成績は順調で、それを上司から評価されるのが嬉しくて、ますます仕事に力が入った。

しかし、それと反比例するように、寮生活は息苦しくなっていた。入寮したての頃は女同士の生活が気楽に思えたが、やはりそう単純なものではないらしい。幸乃が周りの女性より少し年上だったせいもあるだろう。年下の彼女たちとうまく話が嚙み合わず、特に彼女たちの最大の関心事、結婚話になるとそっと席をはずした。

そんな幸乃は周りからすれば変わり者に見えたかもしれない。そこに売り上げに対するライバル心も芽生えて、互いにぎくしゃくした。三人部屋でひとりの時間が持てないのも気疲れだった。なるべく顔を合わせないよう、時には用もないのに社に残り、伝票整理をしながら時間を潰したりした。

寮は出たいが、アパートを借りるとなればお金がかかる。家賃を払えば貯金もできなくなる。

「ちょっと店を手伝ってもらえないかしら」

そんな時、客のひとりから声を掛けられた。

「今まで来てくれてた子が急に辞めて困ってるのよ。仕事が終わってから三時間ほどでいいんだけど、どうかしら。あなたなら安心。お給金も弾むから」

客は小料理屋を経営する女将《おかみ》で、別格のお得意様だった。

もし断れば女将の機嫌を損ねてしまうかもしれない。花街のお姐さん方を紹介してくれたのも女将だ。そちらの売り上げは幸乃の大きな成績となっている。手伝うぐらいお安い御用だ。それで今まで通りに商品を買ってくれるならちっとも構わない。退社後でいいのだから、仕事に差し障りもない。ただ、今の自分に酔客を相手にするなどできるだろうか。

それでも引き受けることにしたのは、やはり「これでアパートを借りられる」という思いがあったからだ。寮生活はもう限界に来ていた。

決まれば話は早かった。翌週から手伝いが始まった。店は七人が座れるカウンターと四畳半の小上りがひとつ。女将の指示に従って、酒や料理を配膳し、客が帰ればお銚子や器を下げて洗う。店を閉めた後に店内と流しとお手洗いを掃除する。

最初の頃はやはり接客に戸惑った。頬が強張り「いらっしゃいませ」もろくに言えなかった。そんな時、女将はいつも助け舟をだしてくれた。かつて芸妓《げいこ》だった女将は、無作法な客に対して物怖《ものお》じせずに叱るような気っ風のよさがあり、それが人気のひとつでもあった。そんな女将のそばで働くうちに、幸乃も次第に馴染んでいった。

おかげでアパートに引っ越すこともできた。店にほど近い、六畳に小さな台所が付いただけの風呂もない古いアパートだが、ひとりの時間は気疲れから解放してくれた。気持ちにも余裕が持てるようになった。

夜、アパートに帰って来るのは十二時少し前になる。それから銭湯に行き、眠りにつけるのは午前二時頃だ。体力的にはきつかったが、やはりまだ若かったのだろう、ぐっすり眠れば翌日に疲れを残すこともなく仕事に出られた。

あれは女将の店を手伝うようになって半年ほど経った頃だ。その夜は細かい雨が降っていた。残暑がきつい秋の初めで、濡れたアスファルトの匂いが店の中まで流れ込んでいた。

九時過ぎに客がいったん退《ひ》けると、どういうわけか客足が途絶えてしまい、十時半になっても誰も来ない。閉店は十一時だが「今夜は早仕舞いにしようかねえ」と、女将が言った。その時だ。男がひとり入って来た。近所で工務店を経営している常連客だ。

男はカウンター席に座ると「参っちゃったよ」と、作業着の懐から薄茶色の小さな毛糸玉を取り出した。

「公園の前を通ったら、こいつが飛び出して来てさ。雨も降ってるし、そのまま放り出すわけにもいかなくて」

毛糸玉は子猫だった。幸乃の目は釘付けになった。

「誰か貰ってくれる人、いないかなあ」

「うちは駄目よ」

女将が首を横に振る。

「食べ物屋をやってるんだから、猫なんて飼えるわけないじゃない。自分で飼えばいいでしょ」

「それがうちも無理なんだよ、家族がみんな動物嫌いでさ」

「あらあら」

「お客さんに当たってみてくれないかな」

「そう言われてもねぇ」

「冷たいことを言わずに、何とか頼まれてくれよ」

「あの」

考えるより先に口から出ていた。

「私が貰ってもいいですか」

女将と客が目をしばたたいている。

子猫を見た時から、弾けるような気持ちが広がっていた。あの香ばしい匂い、柔らかな毛の感触、はかなげな息遣い、そして温もり。自分はどうして今まで猫のいない生活を続けて来られたのだろう。

「いいのかい？」

「はい」

「そりゃあ有難い。じゃお願いするか」

こうして子猫は幸乃に委ねられた。

名前はレオと付けた。身体全体が薄茶色で、首の回りの毛だけがふわふわしていて、小さなライオンのように見えたからである。

レオが来てから、幸乃の生活はまったく違ったものになった。朝、目覚めると目の前にレオがいる。「おはよう」と声を掛けると、レオがにゃあと鳴いて返事をする。

レオを残して仕事に出るのは心苦しかったが、これればかりはどうしようもない。レオも最初は引き止めるように切なげな鳴き声を上げたが、次第に慣れていった。仕事はなるべく手早く済ませ、一目散にアパートに帰る。ごはんと水をやり、少し遊んでやってから女将の店に向かう。ぐずぐず過ごすだけだった休日も、日ごろ構ってやれないのを挽回《ばんかい》するように、朝から晩までレオとじゃれあった。

幸乃の生活を変えたのは、レオだけではなかった。週に何度か、レオを拾った男が訪ねて来るようになったのだ。

レオを引き取ってからしばらくして、ふと、男が言った。

「あの猫、もう大きくなったろうな」

そして、さらりと付け加えた。

「一度、見に行きたいなぁ」

その言葉をどうして受け入れてしまったのか、うまく説明できない。それまで警戒心を鎧にして生きてきた。それが自分を守る唯一の武器と思っていた。そんな幸乃の気持ちをほぐしてくれたのがレオであり、そして、そのほぐれた心の隙間にするりと入り込んで来たのが男だった。

男が既婚者なのは知っていた。四十を少し過ぎていて、工務店の社長との肩書はあるが養子の身で、妻に頭が上がらないこともわかっていた。さらに三人の子供がいた。ただ、男には他の男に感じるような怖さがなかった。陽気でおっとりしていて、ちょっと太ったとぼけた猫、そんな印象があった。

初めて身体を重ねた時、その温かさに驚いた。夫とはまったく違っていた。男の身体とはこんなに熱を持っているものだったのだろうか。それは小さな感動ですらあった。

男はいつも幸乃を壊れ物のように扱った。ただひたすらに優しかった。その優しさが、所帯持ちの負い目のせいであるのはわかっている。それでも幸乃を満たしてくれた。

銀座の老舗デパートの化粧品売り場に配属されたのは、レオが幸乃のもとにやってきて半年ほどたった頃だ。その頃、デパート勤務は販売員の花形部署だった。幸乃にとっても嬉しい異動であり、実績を認められたという誇らしさもあった。しかし、今まで担当していた店舗から離れなければならない。

職場が変わり、勤務体制も変われば、女将の店を手伝うのは難しい。選択の余地はなかった。事情を話すと、女将は意外なほどあっさりと承知してくれた。

「しばらくの間なんて言っておきながら、すっかり甘えてしまったね。長い間、ありがとう」

「こちらこそお世話になりました。ありがとうございました」

どこか後ろめたかったのは、やはり疚《やま》しさがあったからだ。その時はまだ、男のことは女将に気づかれていないと思っていたが、そんなわけはない。人生の酸いも甘いも嚙み分けた女将のことだ、きっと何もかもお見通しだったろう。

幸乃とレオ、そして時々男が訪ねて来る。そんな日々が淡々と流れて行った。

レオはちょっと気難しくて、機嫌を損ねると呼んでも本棚の上からなかなか降りてこないようなところがあった。人見知りも激しく、人が訪ねて来た時は当然のこと、廊下で声がするだけで簞笥の隙間に潜り込んでしまう。

それなのに、どういうわけか男にだけはよく懐いた。膝はもちろん、背中や肩にまでよじ登り、幸乃とは違う少し荒っぽい遊びにも熱中した。もしかしたら拾われた恩を覚えているのかもしれない。

台所で食事を作りながら、ふと振り返ると猫と男がじゃれている。その様子を見ると、どういうわけか泣きたくなった。

仕事は多忙だった。化粧品の進化は目を瞠るものがあり、海外ブランドの進出も著しく、新たな情報が次から次と発信されていた。女性たちの美容に対する意識は日毎《ひごと》に増していた。美容に関するさまざまな資格も設けられるようになった。スキンケアアドバイザー、メイクアップ技術検定、化粧品成分検定。幸乃も取得のための勉強に励んだ。必要となる知識は何でも身に付けておきたかった。あの時代、働く女にとって資格こそが強い武器になってくれた。

男とは四年続いたが、結局、家庭に戻って行った。最初から終わりが決まった関係である。辛かったし悲しかった。泣きもした。恨みもした。でも、後悔はしていない。四年間、男を心から愛した。そして、とことん愛された。そこに嘘はなかった。人生にその実感を持てたことを、今は幸運に思っている。


風を縫うようにさまざまな鳥のさえずりが聞こえて、幸乃は我に返った。

鳥たちは澄んだ音色を交換し合っている。木々に目を凝らしても姿は見えない。それでもピッピキと高く澄んだ声がキビタキだとわかる。キーコキョコと繰り返しているのはクロツグミ。それからイカル、コマドリ。そこにカーンカーンと独特の雉の声が加わる。子供の頃は当たり前に聞いていた啼《な》き声が胸に沁みる。

下流に目を向けると、まだ橋まで距離がある。このまま帰ってしまっても構わないが、帰ったところで別に予定があるわけでもない。少し休んだおかげで身体も軽くなっている。

幸乃はゆっくり流木から立ち上がった。

大丈夫。まだ歩ける。

レオは七年しか生きなかった。

あの時は、泣いて泣いて泣きじゃくった。思い返しても、人生であんなに泣いたことはない。身体の一部がもぎ取られるような、いいや、全身が引き裂かれるような辛さに包まれた。一緒に逝きたいと思った。

仕事があってよかったと思う。救ってくれたのは日々の忙しさだった。後輩が増え、何かと頼られるようになり、その分、責任を負うようにもなった。自分が必要とされているという実感が、レオを失った心の支えになってくれた。

それでも町中で猫を見かけたり、テレビに猫が映ったりすると、目が離せなくなった。

猫のいない毎日がどんなに味気ないものか、痛感させられた。

猫と暮らすようになってわかったことがある。猫好きは、すべての猫を好きになる。美しかろうが薄汚れていようが、雑種であろうが血統書付きであろうが、他人の猫であろうが、決して懐いてくれない猫であろうが、関係ない。すべてが愛おしく、すべてに心躍る。もう、猫のいない人生なんて考えられない。

再び猫と暮らし始めたのは、レオが逝って二か月もしない頃だ。近所の家の前に「子猫を貰ってください」という貼り紙を見つけて、矢も楯もたまらず玄関戸を叩いた。六匹生まれたうちの二匹のメス猫が残っていた。迷うことなく、二匹とも引き取った。

鼻の下に髭《ひげ》のような模様がある猫をチョビ、もう一匹はリボンと名付けた。死んだレオには仕事で留守にする時間が長くて寂しい思いをさせた。二匹なら、それも姉妹なら、きっと楽しく過ごしてくれるに違いない。

姉妹猫といっても、二匹の性格はまったく違っていた。いつも元気よく走り回って遊ぶのはチョビで、リボンはのんびり毛繕いばかりしている。ちょっかいを出すのもチョビで、リボンは仕方なく付き合ってやっている。チョビがおもちゃを取るとリボンはあっさり諦めるが、逆だとチョビは怒り出す。毛繕いもリボンがしてやっている方が多い。それでいて廊下や窓の外で物音がした時、チョビは慌ててリボンの後ろに隠れる。きっとリボンがお姉さんなのだろう。

二年後、デパート勤務から内勤に変わった。主任という肩書が付き、新入社員の研修に携わるようになった。ますます仕事に没頭した。忙しさは倍増したが、それが楽しかった。五年ほど続けた後は、企画部、マーケティング部、広報部と回った。

その頃にはもう、同世代の女性社員はほとんどいなくなっていた。多くは結婚や出産を機に退職した。あの頃はまだ、仕事か結婚か、二者択一しかないような時代だった。若い頃はライバル心が先に立ったりもしたが、社内で信頼できる女友達も何人かできた。女性用の化粧品を扱う仕事とはいえ、内情はやはり男社会であり、協力し合える関係を持てるのは心強かった。

その間、男との出会いがまったくなかったわけではない。ほとんどは割り切った関係だが、中には結婚を申し込んでくれる相手もいた。心が揺れなかったといえば嘘になる。仕事がうまくいかなかったり、上司や部下との関係がこじれたりした時、今のすべてを投げ出して、誰かに人生を引き受けてもらいたいと思った。けれども、それは一過性のものだと、幸乃自身がわかっていた。自分に必要なのは何なのか。数多くの選択肢の中から引き算をしてゆくと、結局、残るのは〝仕事と猫〟このふたつという結論に辿り着くのだった。

四十を迎えた時、2LDKのマンションを買った。田舎の両親に「もう結婚は諦めたのか」と、ため息をつかれた時は、さすがに親不孝をしたような気分になったが、仕方ない。ただ、諦めたというのは少し違う。あるかないかわからない不確かな将来に、自分を委ねたくなかったのだ。現実としての、人生の土台が欲しかった。

一階の部屋だと物騒かとも思ったが、五坪ほどの庭が付いているのが気に入った。ここに小さな菜園を作ろう。猫たちに土の感触を味わわせてやりたい、という思いからだが、実際は、田舎育ちの幸乃自身が身近なところに自然を求めていた。

ローンはあるにしても、自分の城を持ったのは正解だったと思う。気持ちが安定し、仕事の張り合いにもなった。

チョビとリボンとの暮らしは賑やかさと穏やかさに満ちていた。彼らがただ側《そば》にいてくれるだけで完璧だった。寂しさも悲しさも厄介事も、猫を抱けばすべてが帳消しになった。

チョビは十六年、リボンは十七年生きた。よく頑張ってくれたと思う。

ずいぶん橋まで近づいて来た。木が複雑に組み合わさった橋桁まで見えている。川の所々に小さなうねりが生じ、川底の砂が巻き上げられて、波が石に当たって細かい飛沫《しぶき》を上げている。流れは規則正しく繰り返されているようで、同じ波はひとつとしてない。

時折、草叢の中から猫がひょいと姿を現す。その度、幸乃は足を止める。どの猫もみんな知っているような気がする。まるで幸乃を橋まで導いてくれているようでもある。

二匹が逝ってから、すぐに次の猫を飼うことにした。それで喪失感が消えるわけではなかったが、猫の不在を埋めるのは、やはり猫でしかなかった。

ルルは野良でいたところを保護された猫で、すでに三歳くらいになっていた。片目が見えなかったが、もちろんちっとも構わなかった。

ルルは成猫だったせいもあり、今までの猫とは違っていた。物静かで、何事においても控えめだった。撫でて欲しい時も、気づかれるまでじっと待っている。おいで、と呼ぶと「そんなつもりじゃなかったのに」と言わんばかりに、照れ臭そうに膝に乗って来る。その甘え下手なところも、幸乃は愛しかった。

定年までつつがなく会社員生活を送れたのは幸運だった。もちろん、すべてが上手くいったわけじゃない。上司とそりが合わず閑職に回された時もあった。企画した製品がよその会社に先を越されてしまったこともある。どんなに努力しても報われるとは限らない、という現実も知った。だからといって投げ出してしまったら、もう先へは進めない。一時、役員に残るのではないかと周りから噂されたりもしたが、結局それも叶わなかった。悔しさはない。やり切ったという満足感がある。退職金でローンが完済できて、肩の荷も下りた。

退職後は、乞われて若いエステティシャンの育成に関わった。出勤は週に三日だが、仕事があるというだけで毎日に張り合いが持てた。

同時に、家庭菜園にも力を入れるようになった。畑仕事は子供の頃から慣れている。土を耕し、種や苗を植え、収穫を待つ。トマトやナスをもぎ取る時の達成感と喜びは、素朴で心地よいものだった。時折、熟れた果実の向こうに、他界した両親の姿が見えるようだった。

たまに友人たちと会って食事をした。独身の友人はもちろん、結婚退職した友人も子育てから解放され、自分の時間が持てるようになっていた。時には温泉旅行にも出掛けた。一泊ぐらいなら、水とフードを用意しておけばルルはおとなしく待っていてくれる。けれども何日も家を空ける海外旅行となるとそうはいかない。友人たちは「ペットホテルに預ければいいじゃない」と言ったが、ルルに寂しい思いをさせたくなかった。いいや、ルルのためじゃない。寂しいのは自分だった。友人たちとどんなに楽しく過ごしても、家に帰ってルルと過ごすひと時が、幸乃にとってかけがえのない時間だった。

ルルは静かに逝った。十年一緒に暮らしたが、一年ほど前から腎不全を患っていて、獣医から「覚悟をしておいて欲しい」と宣告されていた。前日までごはんを食べ、幸乃の膝の上でゴロゴロ喉を鳴らし、いつものようにベッドで一緒に眠った。最後まで気遣いを忘れない猫だった。

もっと生きてくれたらと思う。もっと一緒に過ごしたかったとも思う。ルルも同じ思いだったに違いない。だから病院通いも嫌がらず、薬も頑張って飲んでくれたのだ。ルルは本当にいい子だった。とても賢い子だった。動かなくなったルルを抱きしめながら、ルルの大好きだった耳の後ろをずっと撫で続けた。

すぐに猫が欲しくなった。猫のいない生活はあまりに味気なく、部屋はただの空洞になってしまったかのようだった。

近所に猫の保護団体があると聞いて、出掛けてみた。猫好きが集まって始めたボランティア活動で、若いスタッフたちはとても感じよく、熱心さが窺えた。

猫を譲り受けたい、と申し出ると、スタッフが困惑したように言った。

「失礼ですが、年齢を聞かせていただいてもよろしいですか」

「え……六十二ですけど」

スタッフは遠慮がちに頭を下げた。

「申し訳ありません。六十歳以上の方には、引き取りをご遠慮願っているんです」

びっくりした。確かに昔なら老人と呼ばれた年代かもしれないが、今はそうではない。週に三日だが現役で働いているし、家庭菜園で足腰も鍛えている。誰かの手を借りなければ暮らせない、なんてこともない。

「もしもの時に、猫の面倒をみてくれる信頼できる後見人がいらっしゃるのなら、ご相談に乗れるんですが」

黙るしかなかった。長生きする猫は二十年ほども生きる。その時、幸乃は八十二歳になっている。今は自信があっても、その年齢にどうなっているかわからない。最後まで猫の面倒をみられる保証はないのだ。ましてや家族がいるわけじゃない。友人はいても、そこまで巻き込むわけにはいかない。

スタッフは身体を小さくして謝った。

「そういう決まりになっているので、すみません」

幸乃は首を振った。

「ううん、あなたの言う通りよ。これは私の我儘よね」

幸乃は外に出た。もう猫と一緒に暮らせないのか。もう暮らしてはいけない年齢になってしまったのか。人生から色彩が消えたような気がした。

それからふた月ほどした頃、買い物帰りに何気なくペットショップを覗いた時だ。狭いケージに押し込められている猫を見つけた。灰色と黒が混ざったちょっと変わった毛色をしていて、大きさからしてすでに一年以上経っているように思われた。ケージには『激安』のシールが貼られていた。明らかに売れ残りの猫だった。

いったん通り過ぎたものの、幸乃の足は止まった。あの猫がどんな末路を辿るか、悪い想像ばかりが広がった。もしかしたら処分に回されるのではないか。あのショップがそうだとは思いたくないが、嫌なニュースはよく耳にする。

もし、そうだったら――。

そう思ったとたん、踵を返していた。最後まで面倒をみられるとは限らない、責任を果たせないかもしれない。しかしそれよりも、今そこにある命を救ってやりたかった。どうしても放っておけなかった。

そんな経緯《いきさつ》でやって来たのがミーコである。

猫がいる。それだけで生活に活気が戻った。ミーコは今までの猫と違い、誰に対しても友好的だった。ペットショップで人馴れしているせいもあるのかもしれない。友人が訪ねて来ても、物怖じせず膝に乗る。まるで、それが自分のおもてなしであるかのように思っているふしがある。そんな猫は初めてだった。

庭に出すと、ミーコはいつも草に身体を擦り付けて大はしゃぎした。道行く人にも、お隣さんにも愛想を振りまき可愛がられた。まったく犬のような猫だった。

エステティックサロンは七十歳で退職した。年寄りがいつまでも居座っていては若い人もやりづらいだろう。何事も退き時が肝心だ。この年まで働く場所があったのは幸運だったとしか言いようがない。

その翌年のことである。一度ぐらいは受けておこうと、たまたま出向いた区の健康診断で乳房に影が見つかった。総合病院で精密検査を受け、ステージ３の乳ガンと告げられた。予期せぬ出来事だった。

若い頃から健康には自信があった。今まで大病をしたこともない。自分がガンになるなんて想像もしていなかった。家庭菜園を始めてから食の大切さを知り、身体によいものを食べるようにして来た。意識して身体を動かしてもいた。

それなのに、どうして……。

真っ先に頭の中に浮かんだのは、ミーコのことだった。

以前会った譲渡会のスタッフの言葉が蘇る。あれが現実になってしまったのか。

しかし、悲嘆に暮れている場合ではないと、幸乃は自分を奮い立たせた。病を宣告されただけで、死を宣告されたわけじゃない、今はふたりにひとりがガンに罹《かか》る時代だ。決して不治の病ではないはずだ。

幸乃はミーコに約束する。

大丈夫、あなたより絶対先に死んだりしないから。

医師と相談して手術を決めた。それがいちばんよい方法に思えた。そのためには二週間の入院が必要となる。通っている獣医さんから、信頼できるペットホテルを紹介してもらい、預けることにした。事情がわからないミーコにしたら、知らない環境に置かれるのはさぞかし不安だろう。忍びないがそうするしかない。お気に入りのぬいぐるみを携えて、ホテルに連れて行った。

マンションの管理会社には、二週間ほど留守にすることを伝え、時々、部屋を見回ってもらうよう手配した。実家の弟に病状を報告するとさすがに絶句されたが「命に別状はないから」と言うと、少し安心したようだ。

手術では左乳房を全摘した。リンパ節に転移が見られたが、それもすべて取り除くことができた。ひとまずは成功と言えるだろう。

予定通り、二週間で退院となり、その日のうちにミーコを迎えに行った。

「ミーコ、長い間ごめんね。さあ、おうちに帰ろう」

てっきり飛びついてくるものと思ったが、ミーコはケージの奥で丸まったまま、なかなか近づいて来ようとはしなかった。疑い深い目でじっと幸乃を見るばかりだ。それがミーコなりの精一杯の抗議だとわかるだけに切なかった。時間をかけて説得し、ミーコはようやく幸乃を受け入れた。

退院後は抗ガン剤と放射線の治療が始まった。発熱や吐き気、倦怠感《けんたいかん》といった強い副作用があり、髪の毛はほとんど抜け落ちた。傷の痛みもなかなか取れず、それは胸だけにとどまらず、左腕から背中まで焼かれるように痛んだ。説明は受けていたし、覚悟もしていたつもりだが、毎日、ベッドから身体を起こすのも辛くて、ソファでぼんやり過ごす日々が続いた。そんな幸乃にミーコはいつも寄り添ってくれた。

菜園を再開するまで、一年近くもかかっただろうか。荒れた庭の雑草を抜き、腐葉土を撒いて耕し、苗を植えた。ミーコも存分に土の匂いを嗅ぎ、気持ちよさそうに身体を擦り付けた。苗が日に日に茎を伸ばし、葉を茂らせてゆく様子は、生命そのものの営みを見せられているようで、幸乃は励まされた。

時は静かに、そして確実に流れていった。何をするにも時間がかかるが、有難いことにそれだけは十分にある。

傍《はた》からすれば老女と老猫の暮らしは頼りなさそうに映っただろう。けれども決してそうではなかった。毎日が活力に満ちていた。今日一日をミーコと過ごせた、それだけで非の打ちどころのない一日と思えた。

ミーコは十四歳で旅立った。

今となれば、ミーコとの約束を守れた自分が誇らしい。幸乃は泣かなかった。ミーコは遠くへ行ったわけじゃない。むしろ、もうどこにも行かない、いつも私の近くにいると思えた。

そして今、わかる。あの時、ミーコのために生きなければと思ったが、そうじゃない、ミーコが私を生かしてくれたのだ。

ガンが再発したのはミーコを見送った翌年だ。検査で骨と肝臓に転移していることが判明した。抗ガン剤治療を再度選択することもできたが、幸乃はそうしなかった。受ければガンが消える可能性があるかもしれない。しかし自分の年齢もある。副作用の辛さは鮮明に残っている。日常生活を普通に送れないなら、このまま自然に任せたいと思った。

　決心をつけると、急に忙しくなった。幸乃は最後の仕事に取り掛かった。まず区の支援センターに出向き、ケアマネージャーに末期ガン患者を受け入れる施設を探してもらうことにした。次に、預金やさまざまな契約の解除手続きを始めた。年齢相応の物忘れはあるにしても、まだ判断が困難になるほどではない。今のうちに済ませておくにこしたことはない。

　マンションは売ることにした。四十年近くも住むと、信じられないほど物が増えていた。施設に入る時は、キャリーバッグひとつで行こうと決めていたので、捨てるのではなく、持ってゆくものだけを選び、あとはすべて処分に回した。

　二度ばかりリフォームはしていたが、古い上に売却を急いだので、価格は相場より安くなってしまったが、別に構わない。下見に若い夫婦と子供ふたりがやって来て、庭の菜園を見ると「このまま育ててもいいですか」と言ってくれた。子供たちはもう興味津々で庭に出ている。「ええ、そうしてください」。彼らに住んでもらえることを嬉しく思った。

　葬式はしない。墓は美しい桜が植わっている墓地の樹木葬に決めた。お金も大して残せるわけではない。弟夫婦に迷惑はかけたくないが、もし余裕があるようだったら、猫を保護するボランティア会に寄付してくれるように頼んだ。友人たちにも別れを告げることができた。

そして、施設に移ったのが三か月前だ。

時折、考えることがある。もしかしたら別の人生があったのではないだろうか。違う生き方を選べたのではないだろうか。もし伴侶がいたら。もし子供がいたら。生き物として命を繋げられなかったのは、生きる意味がなかったのと同じではないか。

不運を嘆いた時もある。不幸を呪った時もある。けれど今となれば、それらはすべて人生に必要なことだったと思える。そして今、わかる。与えられた人生を生きればいい。ただひたむきに生きればいい。


橋の手前にある最後の坂を、幸乃は一歩一歩踏みしめながら登ってゆく。辛さもなければ不安もない。心も身体も凪《なぎ》のような穏やかさに包まれている。

幸乃はもうわかっている。

自分がどこに行こうとしているのか。

橋のたもとまで来て足を止めた。猫たちの姿があった。

マルがいる、タロウがいる。レオも、チョビとリボンも、ルルも、そしてミーコも。猫たちは身体に尻尾を巻き付けて、とても機嫌のいい顔をしている。

幸乃は微笑んだ。

すっかり待たせてしまったね。

澄んだ川の音が耳をくすぐってゆく。鳥たちのさえずりがいちだんと冴えている。空はどこまでも澄み渡っている。

さあ、行こうか。

愛した猫たちに囲まれながら、幸乃はゆっくりと橋を渡り始めた。

解　説

藤田香織

え？　唯川さんが猫!?

二〇一九年の秋、本書『みちづれの猫』の親本を手にしたとき、なによりもまず、そう驚いた。小説誌に掲載された短編で何度か（今にして思えばまさにここに収録されている作品だ）、あぁ唯川さん、猫の話も書くんだな、と思ったことはあったのに、単行本としてまとまったところを見ると、やはり驚きが先に立った。

それほど、唯川恵さんには「犬」の印象が強くあった。

唯川さんが、アルプスの少女ハイジの愛犬ヨーゼフに憧れ、東京でセントバーナードを飼い始めたのが二〇〇三年。『肩ごしの恋人』（マガジンハウス→集英社文庫）で第一二六回直木賞を受賞してしばらく経った頃だったように記憶しているが、超大型犬を飼うのは、よほどの覚悟がなければ難しく、噂を聞いたときには大いに興味をひかれた。けれど本当に凄かったのはそこからで、スイス原産のセントバーナードにとって東京の夏は想像していた以上に辛そうだったから、という理由で、翌年、軽井沢へ移住してしまったのだ。其の地で、体重七十kgを超えるまでに成長した雌のセントバーナード、ルイと過ごした日々は、多くのエッセイだけでなく、小説作品にも投影されてきた。そのルイが逝ってしまったのは二〇一〇年。それから、唯川さんは他の犬を飼うことはなく、今に至っている。

だからといって、ではルイ亡きあと、猫を飼い始めた、というわけでもない。本書の「残秋に満ちゆく」でも触れられているように、実際も軽井沢には野良猫が多いといわれているが、自宅の庭にやってくる猫たちに餌を与えることはあっても、「飼猫」ではないし、猫を飼ったことはない、と以前聞いたことがある。

けれど作家は、出産したことがなくても子供の話を書く。離婚したことがなくても別離の話を書く。殺人など犯したことがなくても人を殺める話を書く。もちろん経験したことなどないのに、死に逝く話を書く。考えてみれば同じことなのだ。そもそも、本書は猫を飼った経験の有無で語るような話ではないと、読み終えてみれば、しみじみ思い至るだろう。

簡単にその内容にも触れておこう。

七話が収められた本書のなかで「ミャアの通り道」は、猫の話を書こう、と考えてのものではなく、北陸新幹線の開通を記念しての依頼だったという（「an·an」二〇一九年十一月二十日号)。久しぶりに帰省する主人公が、特急「はくたか」で実感する東京との距離感は、金沢出身の唯川さんがかつて幾度となく経験したものだ。故郷が遠くなってしまったのは、そこにはもう自分の生活がないからで、主人公の「私」も姉弟もそれぞれの「今」の暮らしに忙しい。二十年前、自分たちが頼み込んで飼い始めた子猫が、年老いて「そろそろ旅立ちそうです」というメールが母から届き、声をかけあったわけでもないのに揃って実家に戻った三姉弟は、過ぎた時間の長さに改めて気づく。

続く「運河沿いの使わしめ」では主人公の江美が意に染まない離婚をきっかけに生きる気力をなくしていたところを、茶太郎と名づけた牡猫との出会いによって再び前を向けるようになった経緯が語られる。〈すごくきれい好きで、料理も得意だった〉江美が、食べ終えた物を捨てる気にさえなれず、汚部屋化していく様子は切実で、そんなものなんだよね、と思う。「普通」の生活を保つのは、実はかなりの気力と体力と、忍耐力や精神力も必要で、人は案外自分だけのためには動けないことも多い。茶太郎という「生きもの」の存在の心強さに、共感を寄せる読者も多いのではないだろうか。

「陽だまりの中」の富江は、離婚ではなく二十年前に夫と死別している。三人の子供たちは既に独立し、群馬県の田舎町にひとりで暮らしていた。ところが、ある日息子の辰也が三十一歳で急逝し、数日後に年の頃二十三、四歳の元村千佳と名乗る女性が訪ねてくる。ここでも、辰也の子を妊娠しているという身寄りのない千佳を迎え入れ、共に暮らし始めたことで、憔悴していた富江が穏やかな暮らしを取り戻していく姿が描かれる。〈ふたりの娘には、料理のひとつも教えてやれなかった〉〈娘たちにしてやれなかったことを、今、千佳にできる。それが嬉しい〉という富江の気持ちが痛いほど理解できる一方で、実の娘である礼子と望美にしてみれば、自分たちが母にしてもらえなかったことを赤の他人である千佳がしてもらっているんだな、とも考えさせられてしまった。こうした語られることのない心情をあれこれと勝手に慮ってしまうのが、本書の凄みでもある。

物語はそこから一転、ふたりの娘によって衝撃の事実が明かされるのだが、不器量な牡猫ボスと、器量よしの雌猫ヒメの様子が、富江の心を強く揺さぶる場面も巧い。

金沢、東京、群馬と続いて、「祭りの夜に」の舞台は長野である。食品メーカーに勤務する二十五歳の鞠子は、恋人の昌也と喧嘩をし、予定していた旅行を取りやめ、長野の祖父母の家へやって来る。認知症が進んだ祖母・千代の面倒をみる祖父の嘉男。鞠子はすっかり娘時代に戻ってしまった祖母のために祖父がついた嘘を見抜き、その理由を知らされる。〈せめてもの罪滅ぼし〉にこめられた長い長い時を経た後悔と想いに胸を衝かれる話だ。この地に限ったことではなく、養蚕が盛んだった頃には、日本各地で猫が祀られていた記録が多く残っているが、幻想的な「祭」の雰囲気と、二十代半ばの鞠子が直面している現実の対比にも唸らされる。

個人的な好みでいえば、続く「最期の伝言」が印象深い。夫と六歳の娘・美佑の三人で都内のマンションに暮らす亜哉子は、幼い頃に生き別れた父親が病床についていると聞き、気乗りしないまま会いに行く。六歳だった自分と母を捨て、他の女と暮らしてきた父。美しくも幸福でもない再会に、美佑が大事にしている猫のぬいぐるみを通じて「最期の伝言」が届けられる。亜哉子にとっては残酷でもある、けれど鮮やかな反転の後に、それを上回る「魔法」がかけられる展開が心憎いほど見事だ。自分は、父に愛されなかったと、長く胸にあり続けたわだかまりがゆっくりと解けていく。

「残秋に満ちゆく」は、唯川さんが今も暮らす軽井沢が舞台。猫は嫌いではないが苦手だという五十八歳になる早映子は、七年前に東京から軽井沢へ移住しフラワーショップを開いた。そこへ突然、かつての恋人・靖幸が訪ねてくる。共に暮らしていたものの結婚することとなく別れてから実に三十三年。靖幸の抱える要件と、複雑な事情がありそうな早映子の過去が次第に明らかになっていく。

最終話となる「約束の橋」では、北関東で生まれ育った幸乃が、散歩に出た先々でかつて共に時間を過ごした猫たちの姿を見かけ、今日まで来た道を振り返っていく。「散歩」の意味にどこで気づくのかはそれぞれ異なると思うが、短編とは思えぬほどしっかりと、幸乃が見てきたものが読み手に伝わってくるだろう。

「猫をモチーフにした短編集」といえば、ともすれば和み度の高いほっこりした物語を思い浮かべられるかもしれないが、本書では常に喪失と別離が描かれる。可愛がってきた猫も、愛した息子も男も、愛を乞い続けた父も、命が尽きる日はやって来る。どれだけ尽くしても、祈っても、悔やんでも、断ち切られるものがある。いつかは、みんないってしまうのだ。それは胸を抉られるような痛みで、途方もない寂しさで、私たちから生きる気力を奪っていく。けれど、本書を読んでいると、死に逝くものがあり、生まれ来るものがあって、この世界は続いていくのだと、静かな感慨がゆっくりと広がっていく。まだよく分かっているわけではないのに、「そういうもんだよね」と思うのだ。

喪失と別離の物語ではある。だが、終わりの話ではない。何があろうと、私たちは生きて、やがて必ず死んでいく。それは特別なことではなくあたり前なのだと繰り返し描かれる本書が心の安寧となることを、多くの人に知って欲しいと願っている。

（ふじた・かをり　書評家）

本書は、二〇一九年十一月、集英社より刊行されました。

初出

ミャアの通り道　「yomyom」二〇一五年冬号
運河沿いの使わしめ　「小説すばる」二〇一八年七月号
陽だまりの中　「小説すばる」二〇一七年十一月号
祭りの夜に　「小説すばる」二〇一八年四月号
最期の伝言　「小説すばる」二〇一九年一月号（「最後の伝言」を改題）
残秋に満ちゆく　「家庭画報」二〇一六年九月号〜十一月号
約束の橋　「小説すばる」二〇一九年四月号

本文デザイン　bookwall

唯川恵の本

肩ごしの恋人

女であることを最大の武器に生きる「るり子」と、恋にのめりこむことが怖い「萌」。対照的なふたりの生き方を通して模索する女の幸せとは……。第１２６回直木賞受賞作。

集英社文庫

唯川恵の本

愛に似たもの

幸せを求めただけなのに、何かが少しずつずれてゆく。欲や優越感、嫉妬が呼び込む、思わぬ人生の落とし穴。女心のあやと毒を描く、8人の女たちの物語。第21回柴田錬三郎賞受賞作。

集英社文庫

唯川恵の本

瑠璃《るり》でもなく、玻璃《はり》でもなく

結婚に憧れながら、同じ会社の朔也と不倫を続けるＯＬの美月。望んで結婚したけれど、生活に不満を感じている朔也の妻の英利子。恋愛と結婚の本音をリアルに描く長編。

集英社文庫

唯川恵の本

今夜は心だけ抱いて

47歳バツイチの柊子と幼い頃に別れた17歳の娘、美羽。久しぶりに再会した二人は、事故で心と体が入れ替る。青春時代に戻った柊子と、大人の世界に放り込まれた美羽の運命は？

集英社文庫

唯川恵の本

天に堕ちる

出張ホストを買う独身女、自殺願望を持つ風俗嬢、8人の女性と共同生活を送る中年男に安らぎを覚える女など、幸せを求めるだけなのに、歯車がずれてしまう10人を描く傑作短編集。

集英社文庫

唯川恵の本

手のひらの砂漠

夫の暴力に苦しみ、シェルターに逃げ込んだ可穂子。離婚を経て、少しずつ自立を果たそうと模索していたが、元夫・雄二の執拗な追跡の手が迫ってくる……。衝撃のサスペンス長編。

唯川恵の本

雨心中

八王子の養護施設で育ち、社会に出てからも同じ家に暮らす周也と芳子。恋とも家族愛とも似て非なるその関係は、思いもよらぬ方向へ——。業を背負った男女の繋がりを描く傑作長編。

集英社文庫

みちづれの猫《ねこ》

2022年8月25日　第1刷　　定価はカバーに表示してあります。

著　者　唯川《ゆいかわ》　恵《けい》

発行者　徳永　真

発行所　株式会社 集英社

東京都千代田区一ツ橋2-5-10　〒101-8050

電話　【編集部】03-3230-6095

【読者係】03-3230-6080

【販売部】03-3230-6393(書店専用)

印　刷　凸版印刷株式会社

製　本　凸版印刷株式会社

フォーマットデザイン　アリヤマデザインストア　　マークデザイン　居山浩二

ISBN978-4-08-744419-3 C0193